龍舌劍

野狐嶺劫搶囚車
誤走深山白骨寺

白羽——著

「我的恩師他姓余雙名公明，江湖人稱龍舌劍鎮西方。」

眾位弟兄，為吾經營，亂柴溝死的情形可慘，
今我無可致祭，燒化錢紙，清酒一杯，
我余公明誓死替諸位復仇！

目錄

第一章　亂柴溝劇賊劫鏢

自陝西華陰道上，遠遠的來了一群人，前面領頭的是一個騎馬的人，振吭高呼：「達！摩！」聲音沉宏，野外無人，更能遠及，這是華陰縣永勝鏢局保的一支鏢，保的有四萬兩白銀，徑奔鄭州。護鏢的鏢客有兩位，一位叫做潘景林，一個叫做李占成，下有二十幾名鏢行夥計，另外還有一輛車是給兩位客人預備的。那兩位客人，一位姓趙，一位姓王。這天行到青雲鎮，那潘景林和一位客人，忽的感覺不舒適起來，頭痛發熱，大吐大瀉。那李占成對潘鏢頭道：「大哥，怎的了？」潘景林說道：「身體不爽，難受得很。」李占成忙請來一位郎中，給二人診斷病症，抓了一劑藥，親自看著煎了。那潘景林嘆道：「賢弟，不想我會在這裡病倒，離所限的日期也差不多了，這可怎好？」李占成道：「大哥放心，只這青雲鎮到亂柴溝，道路比較難走一點，也沒什麼，都是咱們的熟路，並且，難道咱們還怕什麼不成？依小弟看來，大哥盡可在此將養，小弟留下兩個人伺候你老，小弟押鏢先走，等你老好了，再趕去不是一樣嗎？」

回頭對姓王的客人道：「王掌櫃，我看你老也是病著，走是走不了，我看你老，還是和我們這位潘鏢頭一塊兒在這裡養著，俟等你二人病好了，再一塊兒隨後趕不好嗎？至於趙掌櫃你願意怎麼走都可，要不放心，隨著鏢銀一塊走也可以。」那趙先生看著王先生臥床不起的樣子，有心要同鏢車一塊走，看王客人萎頹憔悴的樣子，又不忍舍他而行，想了想，又往外看了看天色，天空上只有薄薄的一片烏雲，便轉頭對王客人道：「老王我陪你住兩天吧，要是好的快，咱們一塊兒趕，否則等你稍好一些，上路送到前站再看。」那趙先生又搖頭道：「怎麼趕的這麼巧，單在這小地方病了，連個好醫生都沒有。」

王先生道：「老趙，別陪著我啦，我看你還是同鏢車一塊兒走好了。」老趙道：「你怎樣這麼小心，沒關係，永勝跟咱們不是一天的交情了，你不放心嗎？你不必推辭了，你一人在這孤村小店，那我也實不放心。」說話時意態堅決。王客人也不好過於拂逆好友的一片誠意，並且人在病中，也實在願意有至近的親友陪伴著，也就不再說什麼了。

這時鏢客和客人正在談話，忽然進來一個鏢行的趟子手，此人姓劉名芳，進門慌慌張張便道：「李鏢頭……」說到這裡，忽然想起屋中還有客人，便頓住了口，李占成問：「劉芳，什麼事？」劉芳卻也機靈，忙改口道：「李鏢頭，錢師父找你老商量一點事。」說話時，眼望著李鏢頭，眼珠一轉，眼角往外一掃，又微微一點頭，又說了一聲：「李鏢頭，最好快一點。」

又向趙、王二客人，潘鏢頭寒暄了幾句話，匆匆的走了出去。

趙、王二客人只覺得這趟子手是個粗人，帶著一陣風進來，卻又帶著一陣風走了，不由得好笑。那潘景林潘鏢頭，卻把眉頭一皺，沉了一會，捂著肚子道：「哎呀！」喊趟子手杜海道：「杜海，你扶我出去走動走動。」杜海道：「你老病著呢，在屋裡走動不好嗎？省得著了風。」潘景林潘鏢頭搖了搖頭，扶著杜海出了門，不奔茅房，直奔李占成住的屋子去。一進門，就見李占成滿面憂色，李占成見潘景林進來，忙站起來道：「怎不好好養著，反倒出來了。」潘景林先不回答，忙問：「二弟，方才劉芳有什麼事找你，是不是有人綴上咱們了？」李占成道：「大哥，劉芳找我不過是一點小事，沒什麼關係！」潘景林道：「不對，二弟不要因為我有病就瞞著我，你要一瞞著我，我心裡一彆扭，病就更得厲害了，並且有什麼事說出來，咱們大夥商量商量，也好想個辦法，是不是有人綴上咱們了？」

李占成眼望著劉芳，心想：「這也瞞不住了。」便道：「大哥真有眼力。」低聲對潘景林道：「劉芳和小弟說，咱們的鏢銀，大概是讓人綴上了。」潘景林道：「真的嗎？」不由低頭尋思道：「附近這裡並沒有綠林啊，再說走過的幾站，地勢也很荒野偏僻，倒沒有多少動靜，到了這裡，會有人看上咱們，不可能……不過這些日子，我只是心驚肉跳，莫非真要出事不成？」想到這裡，便對李占成說：「二弟，依我看來，前面亂柴溝比較難走，不然……」李占成道：「大哥，因為難走，就不走了不成。那麼咱們這鏢局子是幹什麼的。」潘景林道：「二弟別急，我的意思不是不走，唉，我怎麼，我單這時候生病呢？

二弟依我看來，派人約請當地鏢師相助，一面慢慢走著，等著幫手來了，只要過了亂柴溝就沒事了。」李占成道：「大哥太仔細了，永勝鏢局名氣很大，總鏢頭余公明也是夠朋友的人，還真有敢動咱們這鏢的嗎？」潘景林道：「二弟，不是這種說法，樹大招風，永勝鏢局難免有得罪人的地方，也許有新出手，或餓急了的綠林，飢不擇食，我看這不是咱們賭氣的事，只願劉芳這回看錯了，並且咱們還是小心為妙。」李占成道：「大哥既願意如此，請人也沒有關係，我只是覺得大哥太仔細了。」

當下眾人計議了一會兒，各自休息。第二日，李占成押鏢起程，潘景林便派人先約請友人相助，免出意外。那潘景林自在青雲鎮中，一邊盼望著，鏢車如果經過亂柴溝，最好平安無事，一邊盼望請的幫手快來。天將近午，潘景林計算路程，大約著鏢車快到了亂柴溝了，這時院子裡忽從地上捲起一陣狂風，西北角上的那一片烏雲頓時增大，真是快如奔馬，四外陰陰沉沉叢聚，頃刻佈滿天空。潘景林看了，心中不由替鏢客們擔起憂來，天空中一個霹靂，隨著雷聲，拳頭大的雨點傾盆而下，好大雨，只片刻，溝滿渠平，約有半個時辰，雨點才由密而疏，由大變小，變成了濛濛的毛毛細雨。正在這時，忽從店門外闖進四人，為首的正是去請幫手的徐順。這些人渾身上下，全都被雨打溼，徐順先進屋道：「潘師父太巧了，正碰上保鏢回來的孫鏢頭、鄒鏢頭和陳寶光。」潘景林聽了，不由得大喜，忙令杜海找店家安頓了眾人，那些鏢客們洗臉換衣，潘景林這時見眾位鏢客們，洗完臉後，紛紛探視潘景林病體，問完後各個休息。房中只留下鄒雷、孫啟華、陳寶光三位鏢客。

這三人陪著潘景林，問潘鏢師找他們有何事故。可是鏢銀出了什麼差錯不成？潘景林便說劉芳看出有人跟綴鏢車，故此命人約幫手，霹靂子鄒雷道：「哎呀，既然看見有人跟綴，為何不等我們來了再走，他們人少，假若出了事，豈不……」說時看著潘景林的臉上已然變色，悔恨之情直由臉上現出，孫啟華接過來道：「憑余總鏢頭及永勝鏢局這點小名氣，真個有人摘咱們的牌匾不成。」又轉口道：「不過咱們也不能大意，還是小心點好。」對陳寶光道：「陳賢弟，咱們快點吃飯，領人快趕上去，比什麼都強。」

潘景林忙叫店家預備了四份飯菜，慌慌張張吃完了，四人都心急，吃完後，便招呼趟子手們上馬直奔亂柴溝而來。潘景林也要去，眾人攔阻，潘景林執意不聽，眾人也無法，只得同奔亂柴溝。這時雨已停住，雨後涼風，徹體寒涼，別人還不覺怎麼樣，那潘景林不知不覺激靈靈打了一個寒戰，仍咬牙前行。眾人乘馬而行，一瞬時走出二十餘里；這一帶的青沙，遠遠的樹木森林，被煙環霧鎖，西北風雨後氣候寒涼。用目往正東觀看，亂柴溝不遠，大約相隔一里之遙，道路的兩旁邊一片片的小樹，被風吹得樹枝亂搖，雨花亂飛。那亂柴溝山坡上的荊棘，倒吊著葛藤，明明的顯出亂柴溝的山口。道路兩旁，野草黃花被雨摧殘，橫臥在道旁。車轍的細水，是涓涓的不斷。

此時除去這些人之外，可稱得起路盡人稀，就是不見鏢車的蹤影。徐順在馬上不覺得吸了一口冷氣，就聽孫啟華顫巍巍的說道：「潘師父此事不好，他們的鏢車已進亂柴溝，恐凶多吉少。」又用手一指道：「你看亂柴溝裡回來的那個人。」眾人抬頭一看，遠遠的望見一人，傴僂而至，等到此人臨至前面，向著眾人張口喘息著說道：「眾位鏢師父們，可，可，可了不得了，鏢銀丟失，全班人喪命。」

眾人勒馬停蹄，愕忡忡一齊觀看，就見此人渾身上下一身的黃泥，連面目也辨不清。看此情形，就知道事出意外，遂即棄鐙下馬。此時鄒雷、徐順、陳寶光等也下了馬，一同向前細認來人，不看則可，眾人一看，嚇得目瞪口呆。此人非是別人，正是車伕李二。孫啟華看見李二，明知事變，倒定了一定神，往北面觀看，道旁一片樹林，又往四外看了看，並無行人來往。遂向眾人說道：「什麼話也不用說了，事已至此，咱們到北邊樹林裡，再細問他一切吧。」潘景林長嘆了一聲道：「也好！」叫道：「李老二，你跟我們到樹林裡，我有話問你。」李二點頭，四人遂拉著馬匹直奔樹林，工夫不大，眾人來到樹林裡面，將馬拴在樹上。這才向著李老二說道：「你不要害怕，也不要著急，事情已然到了這個地步，你慢慢的告訴我們，鏢銀怎麼丟的，夥計們如何死的。」

李老二聞言，不由得兩淚交流，口中說道：「這個鏢車由店內一起身，李師父恨不能一步趕過亂柴溝，他就緊催鏢車快走。天雖陰，可是始終也沒下雨。這三十里地，一個多時辰，可就趕到亂柴溝西溝口，李師父催我們進溝，前面的趟子手喊著鏢趟子，鏢車在後面緊走。李師父他的心意打算趕出亂柴溝，就是再下雨也不怕啦，李師父想的倒是很好，不想一進溝，剛走了沒有二里路，核桃大的雨點，可就落下來了。那時我在後面也是這麼個意思，只要鏢車一出東溝口，就是有匪人，可也就不怕啦，車到平川之處，還怕的是什麼哪。不想走了沒有半里之路，這個雨可就如同搬倒了天河一般，前面的車馬可也就走不動啦，雨水已然託了車底。鏢車正在進退為難之際，猛聽得山坡上面的山石亂響，我一想山石若滾下來，臨死落個碎骨粉身，這個時節，人聲呼哨，山石亂響，這時候我可顧不了他們啦，我只可往山坡上面爬，往西溝口跑，我若不爬山坡，溝內的水是二三尺深，我跑也跑不動，再說我跑也跑不出多遠，山石若是下來，也得把我砸死了；再說四外準有人卡著，跑也跑不出去。這才一橫心，憑命由天，只得拚命往上爬，我焉能爬得上去呢？幸而我有一把魚刀，和一個小鹿犄角，我就仗著這個魚刀子和這個小鹿犄角，我的左手拿著鹿犄角，右手拿著魚刀子，我把魚刀子，戳在黃泥之內，我搬住魚刀子可就滑不下來。我將身子一用力往上縱，隨著把左手的鹿犄角，戳在山坡黃泥之上，我又往上一爬，隨著又將右手的魚刀子插入黃泥之內。我就這麼一步一倒，實指望爬上山坡，剛爬了有十數餘丈，可巧上面有一塊大山石，山石的底下被雨水沖了一道溝。我爬到這個溝內，再想往上爬，再也爬不動了，頭一樣我筋疲力盡，又有山石阻路，我若不借這山溝團合在一處，只要是一滑，我就得溜將下來，我正在驚怯之際，就聽我們夥計喊嚷，他們嚷著說鏢車不要啦，趕緊往回跑。人聲嘈雜。又聽見李師父在下面喊嚷，夥計們留神啊，有了呼嘯啦。

山頭上勢若山崩地裂，猶如沉雷一般，順著我的頭頂滾將下來。我心中明知上面有人把石頭推下來啦，碰上就得死，我只得將腿往回撤，我的腦袋頂著上面的山石，我將身子團合在這道溝的裡頭，上面推下來的這些山石，撞在頭上，震的我雙耳皆聾，準知道必得碰死，我一害怕，可就昏迷過去啦。猛然間我就聽人喊嚷，我才微睜二目，偷著往下面一看，雨下的很大，往下面看不甚真。就見下面大約有五六十人，還有十幾匹馬，蜂擁似的冒著雨往正東去了。我看著馬上馱著物件，好像我們車上的鏢銀。就聽下面有人道：『這一回寨主做的這號買賣，可順氣兒。』又聽有人說：『夥計們，他們有逃走的沒有？』

就聽有人答言說：『頭兒您這是多想，就是那麼些山石推下來，他們碰上哪一塊也得死，再說兩旁的滑泥，一個也逃不了，咱們是放心大膽白得這號買賣。』他們是一邊說著，一邊往東走下去了。我爬在漩渦之內，大氣也沒敢出。我容他們走遠，我準知道鏢銀已失，他們大家的性命不能保全。又待了老大的工夫，我這才慢慢順著山坡爬下來，我才出離了漩渦，腳下的泥一滑，我就連滑帶咕嚕，溜下來了。我這周身上下，沒有一處沒有泥，刀子鹿角也丟啦，我仰面往上一瞧，我才想過這個意思來，要沒有上面這塊山石，再沒有這個漩渦，我這條命絕無生理。我這時往東面一看，亂石堆疊，壓著死馬亡人，砸碎了的車輛。我站在那裡發怔，我的身上被雨激的全都溼了，我明白過來，這才知道雨淋的我身上難受。我才打算回鏢局子報信，出離溝口，我只顧低著頭尋路，一聽前面有人與我說話，這才看見二位少鏢主與潘師父。李師父丟鏢，與眾夥計們喪命，俱都是我親眼得見。」

就見潘景林站在那裡，臉上的顏色慘淡。孫啟華雙眉倒豎，眸子瞪圓，一陣陣的冷笑，瞧著李二點頭。鄒雷厲聲說道：「咱們已經聽明白啦，賊人既是劫鏢，他準知道在風雨之下無人知曉，不如你我大家先亮兵刃，趁賊人走之不遠，將鏢銀搶回，拿住賊人，否則也能知道點線索，訪出是誰劫的鏢，你我好回鏢局子交代。」眾人答應，孫啟華忙說道：「李二，你騎著我們的馬，奔青雲鎮長合店，我們要是等到明日天亮不回青雲鎮，你於明日清晨，趕回鏢局面見總鏢頭，將鏢銀丟人和我們的所遭所遇，報與鏢主，聽候鏢主的調遣。你可將話記準，千萬不可錯誤。」李二點頭應允，遂說道：「幾位請吧，這個事情交於我辦，絕無差錯。」孫啟華將話說完，回手由馬上把寶劍摘下來，用自己的絨繩勒緊身後，回手亮劍。此時潘景林，由背後早把金背砍山刀亮了出來，刀往懷中一抱。鄒雷使的是一口鬼頭刀，手內擎刀，將刀鞘早就背在背後。徐順使的是一條三稜呂祖錐，掖在腰間。四人收拾停妥，別人也都收拾好了。將話又囑咐李二一遍。

眾人出了樹林，往南直奔亂柴溝而來。臨至亂柴溝的西溝口，往裡面觀看。地下白沙漠漠，雨水橫流，兩邊的山坡皆是黃泥，山溝狹窄。孫啟華看至此處，心中暗想：「真是天生的險地。」回頭說道：「三位請看，此溝如此窄狹，你我倒要小心留神。」徐順在旁邊答言說道：「你我既將主意拿好，到此不便猶疑，就此進溝。」孫啟華只得點頭，手中提劍，在前行走，後面三人相隨。緊往前走，孫啟華越看越怕，走到溝的當中，猛抬頭，孫啟華就見前面山石堆壘，阻住道路，遂用手往前一指，口中說道：「潘師父請你來看，莫非遇險，就在此處。」潘景林手提兵刃，聽孫啟華之言，邁步向前，眾人後面相隨。

繞過前面這塊山石，舉目觀看，把眾人嚇得險些骨軟筋酥，目瞪口呆。就見前面，車輛被石砸碎，死馬亡人，橫倒豎臥，腦髓鮮血，濺在山石之上，情景可慘。眾人看此景況，不由得心中發酸。潘景林早就兩淚交流，仰面向天長嘆。左手背刀，右手指著地下的鏢局子夥計的死屍，含淚言道：「我潘景林若不與眾人報仇，誓不為人。」徐順在旁邊說道：「潘師父不必在此發愣，你我追趕賊人要緊。」潘景林聞聽此言，回頭一看徐順，就見鄒雷站在那裡，手提金背鬼頭刀，在那裡暴躁嚷道：「你們還不走，盡自在這裡站著做什麼，倘然若有意外如何是好，不如趁此時機，賊人未能防範，你我急忙出溝，再作商議。」潘景林只得點頭，大家繞著地下的山石，遂冒雨往前行走。這一段山溝甚長，好容易出離東溝口。孫啟華是個細心人，用目往地下一看，就見地下有馬蹄的痕跡、人腳踏的印子，雖然是青沙地，看的很真切。遂向眾人說道：「你們眾位請看，地下的痕跡，看這個方向，賊人向南去了，你我大家趁賊人走至不遠，急速追趕，若容賊人去遠，再要尋找，反費周折。」

眾人聞聽孫啟華之言，大家一齊說道：「言之有理。」孫啟華在前，眾人在後，看地下的足跡，轉向東南，眾人順著東南的小道，追趕下來，再看兩旁邊一帶的樹木，被風一吹，樹枝兒亂搖，雨星兒亂墜，道旁的青草迷目，滿地的青石，就看不出地下的足跡來啦。只得向前行走，又兼著眾位英雄，周身上下被雨水淋溼，滿目的淒涼風雨，這種苦況不堪設想。眾人往前追趕走出約有十五六里之遙，就見前面有一夥賊人，大約有三四十名，各擎刀槍，正當中有十幾匹馬，馬上馱著物件，遠看好像鏢銀的形象。孫啟華用手向前一指，遂向眾人說道：「前面莫非就是劫鏢的群寇。」潘景林剛要與孫啟華答話，未提防鄒雷在旁邊一聲喊嚷，口中嚷道：「前面的賊人慢走，還不把鏢銀留下，等待何時。」孫啟華一聽鄒雷喊聲，遂將腳一頓，口中說道：「師兄，你怎麼這樣性急呀，你不看看前面賊人，賊多勢眾，你我勢孤人單，我沒告訴你嗎？前面若是賊多，你我暗地跟隨，認準了他的巢穴，再為下手。他若是勢孤人單，你我就此動手，也可以奪回鏢銀。如今前面賊眾我寡，你怎麼反倒喊叫起來啦。」

鄒雷說道：「兄弟，你別報怨我啦，皆因前面發現賊人，我本來性子就急，不由得我就喊叫出來啦，其實這也不要緊，今既被他們聽見，不如你我殺上前去，殺死幾個賊人，先給我們鏢局子死去的夥計們，報仇解恨，然後有什麼事再說。咱們先痛快痛快，發散發散他娘的胸中的怨氣。」孫啟華一聽鄒雷言語，心中暗想：「我師兄這個人真是快人快語。」孫啟華想跟潘景林相商與賊人動手的方法。

就聽前面有人喊道：「後面什麼人？」孫啟華抬頭一看，就見前面的賊人一部分擁著鏢馱子走了，一部分雁翅排開，攔住去路。因為鄒雷一聲喊嚷，前面賊人已然知道，當時就排開了陣式，潘景林見賊人既看出後面有人跟下來，難道說還能退避嗎？若是前面的賊人果然沒有能人，就勢把鏢搶回，再捕獲幾個賊人，可也對得起鏢主。若要賊人隊中，有能人在內，奪不回鏢銀，也得綴上他們，得點消息。潘景林此時抱定奮不顧身的主意，他是一語不發，提刀直前，直奔正東，向賊人而來。

孫啟華到此時，明知勸不回潘景林，事已至此，不得不與賊人動手，隨著說道：「你們看潘師父過去啦，咱們也一齊往上攻吧。」鄒雷、徐順、陳寶光等在後面喊道，別讓前面賊人走了。

此時潘景林跑至群賊面前，舉目一看，就見兩旁站立約有二三十名，俱都是藍毛巾包頭，身上都穿的是藍布褲褂，腳下撒鞋白襪，打著裹腿。一個個，粗眉大眼，各擎刀槍，都沒穿著雨具，渾身上下，被雨淋的，已然不成樣子。在正當中站著四個人。為首這人，細條身材，身穿白綢子褲褂，絨繩繫腰，腳下撒鞋白襪，打著裹腿，煞白的臉面，滿臉的紅糙面疙疸，兩道立眉，一雙圓睛，鷹鼻子，大嘴岔，一嘴的板牙，兩個錐把子耳朵，約有三十來歲，手中擎一口鋸齒飛鐮大砍刀，刀背上有三十二個鋸齒，這口刀足夠一掌寬，刀光爍閃。在他上首站立一人，看年紀在五十上下，身穿青綢子褲褂，足下撒鞋白襪，絨繩繫腰，頭上青絹帕罩頭，黑紫的臉膛，一臉的蒼皮，粗眉惡目，闊口獠牙，兩耳無輪，右手提著一口大砍刀，站在那裡發威。下首站的那一個，身材短小，形容枯瘦，身上穿著一身藍綢褲褂，腳下青鞋襪，腿上打著裹腿，淡黃的臉膛，兩道細眉，三角眼睛，小鼻子，菱角口，看年紀也在五十上下。

這二人可都沒有鬍鬚，右手擎著一口厚背雁翎式的鋼刀，看此人面色陰沉，站在那裡衝著他們四個人樂。緊挨著這個人，還有一人，潘景林看著他分外注目，身穿土布褲褂，腳下小撒鞋千層底，倒納魚鱗帶提跟，打著藍裹腿，青中透黃的臉膛，上面用土黃布手巾勒著頭，兩道棒槌眉，一雙酸棗兒眼，小秤砣鼻子，三角口，兩撇掩口花白鬍子，手中拿著一口樸刀。

潘景林越看此人越眼熟，好像在哪裡見過似的。猛然間想起，莫非是他？潘景林想至此處恍然大悟，不由得咬牙切齒，心中暗恨。旁邊站著的孫啟華，見潘景林並不與賊人答話，臉上現出一種怒容的樣子，鬚鬢皆張，孫啟華在旁邊問道：「潘師父，您既要與賊人動手，因何發怔？」潘景林向孫啟華點手，孫啟華向前近身，潘景林用手指著下面站著的賊人，在孫啟華耳邊說道：「想當年如此如此……」

孫啟華轉睛思想，方才明白丟鏢的前因後果。孫啟華這時可就明白啦，在後面悶壞了精明強幹的徐順，急煞了暴躁的鄒雷，那麼到底是怎麼回事呢？提起了這回事，可是年份也不算很遠，是八年以前的事。

八年前余公明永勝鏢局，買賣正興旺之時，永勝鏢局的買賣做不過來，櫃上的人不夠分配使用，買賣越好，人越不夠用，可巧華陰縣北門內，天元銀號是本櫃上的老主顧，只要銀號有什麼要緊的事項，皆由余公明永勝鏢局護送，兩方交際多年，無論多少銀子，永遠沒有出過錯，可巧本櫃上有一筆銀子，共計五萬兩，是撥與信陽州聯號，急用的一筆現款。本銀號的掌櫃的，派櫃上的夥計，把余公明請到櫃上和余公明一商量，要是別的櫃上的鏢銀，余公明可不敢應，皆因為是櫃上沒人；又一想這是多年的主顧，又不好駁，買賣又不好讓別人做。銀號掌櫃的又再三的託付，余公明實在沒有法子，才把這號買賣應了。此時櫃上又沒有人，就是潘景林在櫃上幫著料理，余公明意欲命潘景林走這一趟鏢，自己卻又不放心。若是他一人前往，路上有一點差錯，可就不好辦啦。

余公明百般無奈，就得自己前往，臨走起鏢，可就與潘景林商量好啦，讓潘景林隨同前往。那個時候，潘景林在鏢局裡，余公明還不那麼器重他，皆因他在鏢局裡日子不多。

余公明將鏢車收拾齊楚，帶領潘景林與本櫃上的客人，由華陰縣起鏢，經過陝州，行至在崤山山脈，皆因不走鳳池縣，抄崤山的小路為的是近些個路程。不料想行至鷹爪山的山前，打虎嶺的地面這一帶地方本是余公明常走的一條道，知道這條道兒不好走，打虎嶺左右，俱都是賊人出沒之所，任憑是誰，也過不去。皆因余公明這條道最熟，有幾處占山的寨主，也都是走的打出來的交情。只要是余公明的鏢，經過此路，也別說他們不敢，都不好意思劫余公明的鏢銀，皆因如此，余公明才敢放大膽子，由打這條小路上走，雖然如此，鏢車行至此處，連夥計們全都得多留點神。

那個時候，抱頭的喊鏢趟子的夥計，就是吳得利。這個地方也是真險，兩旁邊俱是荒山野嶺，樹木陰森。當中間車道，路旁的青草，都有半人多高。他這個鏢車正往前走，前面有一片樹林，這片樹林，約有二三里地，對面是叢林，當中是道，將到樹林旁邊，鏢車尚未進入，就聽樹林子裡面，一陣銅鑼聲音，頭裡鏢趟也不喊了，鏢車可就打了盤啦。余公明往前面一看，就見林內，躥出約有五十名嘍囉兵，都是二三十歲，俱都是周身上下一身藍，藍綢罩頭，斜搭麻花扣，腳下快鞋白襪，懷抱鬼頭刀。為首一人，長的面目凶殘，大身材，年紀約在五十多歲，身穿青綢子褲褂，腳下白襪，大掖搬尖撒鞋，打著花裹腿，腰中絨繩緊腰，頭上青綢帕勒頭，結著麻花扣，臉上看，青中透暗的臉孔，三角形的菱角眉倒吊著，深眼窩子，一雙金睛疊暴，鷹鼻闊口，鮮紅的嘴唇，滿臉的黃髯，連鬢絡腮，壓耳的毫毛倒豎，臉上核桃大的一臉金錢癬，在手中擎著一口鋸齒飛鐮大砍刀。在前面有一個嘍囉的頭目，站在那裡念道歌兒，說道：「咳，此山是我開，此樹是我栽，要想從此過，留下買路財，牙邊半個說不字，一刀一個不管埋。孤雁的綿羊，將鏢車留下便罷，如若不然，小心你們的腦袋。」

余公明聽前面喊鏢趟子的，喊的是：「頭裡有了扛梁子啦！」什麼是扛梁子，斷道劫財的。余公明趕緊由外首下馬，劍把朝後，為是從裡首下馬，順手由後面亮劍，因為做鏢師的，他把自己的兵刃，掛在外首鞍韂之前，朝前首下馬時順手由前抽劍，他的臉老衝著前面，為是防範敵人暗算。余公明下了馬，順手抽出金光閃爍的龍舌劍。此時潘景林也就下馬，相隨在余公明的身後。余公明來在鏢車的前面，細看前面喊道歌的這個人。余公明認得他是鷹爪山陰風寨踩盤子的小夥計，奴隨主姓。此人姓姜，名叫姜小五，外號人稱旱地蠍子。後面的寨主，非是別人，正是鷹爪山陰風寨老寨主，姓姜，雙名天雄，外號人稱活閻羅，占據鷹爪山陰風寨多年，余公明早就認識他，就是永勝鏢局的鏢，時常經過鷹爪山，他可也沒有劫過，彼此都是個面子，今日也不知是怎麼回事，把鏢車給扛住啦。心想這一定有人攏對。

余公明遂將金光龍舌劍，交左手往懷中一抱，邁步向前，含笑抱拳，口中說道：「前面莫非是姜老寨主，夥計們都多辛苦，余某向不敢得罪好朋友，也許余某手下人，不知規矩得罪貴山，今天望乞寨主高高手閃個面子，讓我們過去，余公明必定要登山謝罪，老寨主高高手吧。」

他哪裡知道姜天雄，此次當真帶著夥計，專為等的是余公明的鏢。這是怎麼回事呢？就皆因余公明永勝鏢局買賣好！這些年來，一來是自己的買賣的運氣好，再者字號也叫得響，雖然走各省的鏢，就說潼關內外這些個鏢局子，哪一家也敵不住永勝鏢局，不免招惹同行的嫉妒。其實余公明也沒得罪過人。

這些鏢局子，因為妒名，在各處給余公明散佈流言，就宣揚余公明說的，不是我買賣運氣好，我這鏢走遍天下，不拘有多名望的大王，也不敢正視我的鏢銀。別說是劫我的鏢，他連正眼也不敢看。其實余公明並沒有說過這些話，這就是外面小人是非之口，氣恨永勝鏢局買賣好，在外面捏造許多不三不四的謊言，為的是在外面給永勝鏢局攏對。余公明並不知道其中的原因。

不想這個風言，可巧傳到鷹爪山陰風寨姜天雄的耳朵裡去啦，還不只聽一個人說的，姜天雄為人自負爭強，秉性好鬥，素不服人，他聽見這個消息，才和他的兩個兒子商議劫鏢。姜天雄這兩個兒子，長子名叫姜金彪，別號人稱攔路虎。次子名叫姜金豹，人稱青眼虎。又請來兩位寨主，賀玉、賀雲，一同合計，把聽得來的言語與眾人說了一遍。三寨主賀雲向姜天雄說道：「大哥這件事，您要慎重，據小弟我想，余公明鏢銀時常由此路過，他也沒有出過規矩，再說余公明武藝超群，可是有點扎手。話又說回來了，他的鏢又不出規矩，與你我又無仇恨，別人既不干涉，咱們何必多找這個事呢？再說過耳之言也不可聽，這裡面也許別人與他有仇，惹他不起，故意造出非言，咱們何必受人愚弄呢？小弟的話，可不一定對，大哥您要三思而後行。」大寨主將要答言，旁邊二少寨主姜金豹說道：「三叔您做事太小心啦，俗語說無風草不動。他要不說，外面也沒有那麼大的風言，不管他說不說，若是他的鏢車由此經過，先劫他一回，也讓他知道知道，鷹爪山陰風寨不是好惹的，也減一減余公明的威風。」姜金豹把話將才說完，就見大寨主點頭說道：「這話也有理，余公明這些年總是一帆風順，也讓他嘗嘗丟鏢的味道。」大家計議已定，姜天雄便吩咐姜小五道：「如若永勝鏢車過此，早些報來。」

這一日，恰巧永勝鏢局的鏢車路過此地，姜天雄一看，二子和兩位寨主都未在山寨，不由皺眉，想道：「余公明這小子好運氣。」復咬牙道：「沒人我也劫你。」

那姜天雄率領旱地蠍子姜小五下山劫鏢。雙雄抵面，那姜天雄明知前面是余公明，手提鋸齒飛鐮刀，橫刀而待。他聽了余公明的場面話，並不搭腔，只將雙睛一瞪，說道：「余鏢主，我久已聞名，閣下威名遠震，晃動乾坤，今日姜天雄不才，並非是為劫奪閣下的鏢銀，專為在此等候閣下，比試武藝，閣下勝得了我的鋸齒飛鐮刀，任憑閣下鏢車透過，如若勝不了我的鋸齒飛鐮刀，將鏢銀留下，如若不然，要想鏢車由此經過，勢比登天，早早當面較量，不必多講。」余公明聽得此言，不由得撞上氣來，余公明再三求路，姜天雄堅要比武，那余公明早年也性如烈火，只因久涉江湖把性情柔和了許多，所以這次這樣央人。這時余公明說道：「閣下既是擋住我的鏢車，我苦苦相求，閣下是執意的不讓，非比試不可，余某若要失手，傷了閣下的毫髮，休怨余某無理，依我看閣下不必動手，留這個臉面，日後還有相見之時。」姜天雄聞聽此言，不由得氣沖斗牛，哇呀呀的怪叫，說道：「余公明果然大言欺人，來來來！我倒要請教。」遂將刀一擺，墊步擰腰，往前一躥，高聲喊道：「你我二人，倒要比試比試。」余公明看姜天雄來的勢猛，要擺龍舌劍向前對敵。就在這個工夫，就聽身後有人答言，說道：「鏢主何必親自動手，不才潘景林願先獻醜。」話將說完，余公明用手相攔，口中說道：「潘師父你休前往，此事與你無干，既是姜天雄寨主在此等我，我當奉陪於他，據我看，我不與他動手，難以償姜寨主之願，潘師父，你與我看守鏢車最好。」

潘景林只得點頭，往後倒退，吩咐夥計們，謹守鏢車。

他自己提刀擋住前面，此時余公明手中順劍，丁字步一站，說道：「姜寨主，閣下勒令要求，余公明只得奉陪。」姜天雄大吼一聲，說道：「老兒你有多大能為，看刀。」話到人到聲音到，姜天雄往前一縱身，左手一晃，右手劈面一刀。余公明一看鋸齒飛鐮刀離頭頂相近，遂將身一矮，向左邊一上步，右手一橫，直奔姜天雄右腕下划來。活閻羅的刀若再往下落，手腕子碰在劍上，腕子必折，姜天雄他恐怕手腕碰在余公明的劍上，急速往回撤手。未提防余公明的劍，一扁腕子進身便刺，姜天雄將自己飛鐮刀刀頭衝下順，用刀刃截余公明右臂，余公明隨即抽劍往右邊一閃，左手劍一指，右手劍「白蛇吐信」，直奔姜天雄咽喉刺來。姜天雄向右一步，將刀往上一立，用了個裡剪腕。余公明見刀臨手腕已近，隨即將劍往左邊一帶，余公明的劍，正碰在姜天雄鋸齒刀的刀刃上，姜天雄雖然力大，余公明往回一帶的力量，暗用氣功，姜天雄鋸齒刀險些撒手。

他只顧自己的鋸齒刀，未提防余公明的劍，藉著一帶的力量，順著姜天雄的膀臂，直奔脖項便抹。姜天雄見劍臨近，閃躲不及，只得一長腰，身形向左一轉，把脖項雖然躲過，並未躲開肩胛。余公明這一劍，正抹在姜天雄胸前肩臂之上，只聽嘭的一聲，紅光崩現，鮮血直流。姜天雄大叫一聲，刀未撒手，往圈外一躥，口中喊道：「余公明，咱們是後會有期。」眾嘍兵見大寨主受傷，連忙救護上山。

不言姜天雄敗走，且說余公明見活閻羅姜天雄負傷率眾逃走，便長吁了一口氣，將龍舌劍往懷中一捧，遂向夥計們說道：「弟兄們起鏢。」此時夥計們已將余公明的馬匹牽至面前。

余公明懷中抱劍，紉蹬上馬，此時潘景林也上了馬，打頭的夥計吳得利，仍然在前面乘馬，喊著鏢趟子起鏢，後面車輛相隨，由此直奔信陽州來了。這天到了信陽州，將鏢銀交兌完畢，余公明頗有戒心，余公明便急忙趕回華陰縣鏢局子，當時便告訴夥計們，從此以後走鏢，不準由崤山小路而行。

且說活閻羅姜天雄，帶傷率眾，由樹林逃走，到了鷹爪山的山寨，急忙檢視傷痕，姜天雄右肩頭，衣服崩裂，皮開肉翻，血跡遍體，唯有傷口左右，血痕都已乾燥，一面命嘍囉兵將金傷藥預備停妥，又命嘍囉兵取水，用水將血液洗淨。傷口很重，在肩頭之上，有半尺餘長，深約有寸許，這一劍刺得實在不輕。遂將汗褂絨繩俱然撤去，用袖綾將傷口的水痕拭乾，然後將金傷鐵扇散敷好，上面又用金傷膏藥貼上。

那姜天雄從來未栽過如此的跟頭，只氣得暴跳如雷，過下七八天，兩位寨主賀玉、賀雲和他兩個兒子俱都返回山寨，獲有很多財帛，卻想不到姜天雄受了這樣的重傷。二賀同二子問緣由，姜天雄便把獨自劫鏢、交手受傷的事說了一遍，並言必報此仇。那賀雲說道：「老大哥不必著急，小弟倒有一計，可與大哥報仇雪恨。余公明武技高強，不可力敵，只可智取，大哥在山上靜養，小弟命人打探，若要余公明鏢車再由崤山小路經過，小弟命姪男金豹，多帶人下山，絆住他，小弟在後面搶劫他的鏢銀，擄走客人，余公明見客人被擄，他必然與我拚命動手，將他引至八盤山，山勢窄狹，令吾兄焦面鬼賀玉，帶領姜小五，帶著二百名長箭手，埋伏在兩邊山頭之上，容我們過去，開弓放箭，一陣亂箭，再把山上的山石推下來，余公明飛也飛不出去；余公明若是在八盤山不往前追趕，小弟命金豹帶一百名嘍囉兵，皆都要弩箭手，截斷余公明的歸路，小弟等由前面反回來，帶領長箭手，由後面開弓放箭，給他一個前後夾攻。鏢銀也得到了我們手裡，大仇也就報啦，大哥何必著急，此事皆在小弟的身上。」

活閻羅姜天雄聽至此處，不由得忍痛仰面大笑，隨說道：「此計甚妙，愚兄就將此事託付在你的身上啦。」隨即命人下山打探，賀雲聽寨主依計而行，隨即分派嘍囉兵下山打探，這本是賀雲的一片寬心話，說給姜天雄聽的，姜天雄也不想想，余公明哪能再從這裡走，自找麻煩呢。那姜天雄立時又派人下山，祕密打聽余公明鏢車的消息，不覺數月之久，並未打聽出來余公明的鏢車經過的消息，姜天雄心中納悶，暗想：莫非有人將計策洩漏。又派旱地蠍子姜小五，祕密出山，命他扮作小買賣的商人模樣，到華陰縣永勝鏢局左右，探聽永勝鏢局的鏢車行蹤。

這一日眾位寨主，陪著活閻羅姜天雄，在聚議大廳之上閒談，此時姜天雄傷痕早就痊癒。大家正高談闊論之際，見一嘍兵由外面來，至大廳說道：「啟稟寨主，今有寨主的摯友鐵算盤汪老英雄前來拜訪。」姜天雄聞聽，不覺大笑，扭項與二寨主、三寨主賀玉、賀雲說道：「二位賢弟，大概不認識這位汪老英雄吧！」賀雲說道：「小弟聽著耳熟，一時想不起來。」姜天雄微然含笑，左手伸出兩個手指，說道：「此人與我二十多年故舊之交，姓汪名春，江湖人稱鐵算盤。足智多謀，精明強幹，掌中一口砍山刀，武藝超群。自從由我占山以來，他並未來過一次，聽說他現在棄卻綠林，在南陽府做事，不知是哪陣香風把他刮到此處。」遂向嘍囉兵說道：「有請。」

這時姜天雄同二位寨主及二位少寨主都迎出莊門以外。就見在左門外吊橋上站立一人，細看卻是汪春，這二十多年未見，果然面目顯著老啦，身量可還是中等身材，就是顯著矮一點。身穿藍袖子褲褂，外罩青袖子大褂，腳下白襪，青緞子皂鞋。臉上生就長臉膛，面部透青，兩道細眉，直插入鬢，吊角二目，高鼻梁兒，三角口，雪霜白的掩口髯鬚。兩耳無輪，花白剪子股兒的小辮，手內提著長條兒的藍包袱。姜天雄一見，趕緊搶步向前，口中說道：「我打量是誰，原來是老哥哥，小弟率領孩兒們來遲，兄長請勿見怪。」汪春趕緊說道：「姜賢弟，休要折壽於我，賢弟你一向可好，恕過我這幾年未能問安。」姜天雄扭頭，向後面說道：「孩兒們，與你汪老伯父見禮。」二位少寨主一齊向前跪倒叩頭。汪春伸手往起相攙，遂問道：「這二位小英雄卻是何人？」姜天雄聞聽此言，往後仰身，哈哈大笑說道：「老哥哥，你連他們都不認得啦，這就是你兩個姪子。」遂用手指著說道：「這個是您大姪子金彪，那個是你二姪金豹，我一說你就想起來啦。」汪春用手拈著銀鬚，上下打量二位少寨主。笑著說道：「老弟，你可又怪錯了我啦？你我弟兄分手之時，他們尚在幼稚，如今皆成了英雄啦，我怎麼能認得哪，看起來這可應了俗語的話啦，後浪推前浪，父是英雄兒好漢。」姜天雄含笑說道：「老哥哥，您這是抬愛我們父子。」姜天雄還要與汪春談話，旁邊閃出賀玉、賀雲，二人上前與汪春見禮，一面口中說道：「老哥哥，這幾載未見，你老人家堪可鬚鬢如霜，小弟這邊有禮了。」汪春一面還禮，一面說道：「二位賢弟免禮，看哥哥老了嗎？」賀玉說道：「兄長你老人家的精神尚且不老。」汪春大笑道：「兄弟，幾年沒見，學會了油嘴，到底我還是老啊。」姜天雄道：「老哥里邊坐吧！寨外也不是說話的所在，有話請老哥到裡面再說罷。」

眾人進到客廳裡，各自落座，談敘江湖異聞。多年老友相逢，話越說越說不完。那姜金彪由老寨主身背後轉過來，口中說道：「父親你老人家，只顧與伯父談話，天也不早啦，莫若預備些酒，與我伯父接風洗塵，再者也可以飲著酒談心哪。」

姜天雄聞聽，看了看天色，鼓掌哈哈的大笑道：「只顧與你伯父談話，竟把他老人家給餓了起來了，錯非吾兒提醒，我倒將接風之事忘卻了。快往下面傳喚，預備酒菜，為你伯父接風洗塵。」賀雲、賀玉在旁邊說道：「我們盡顧聽話了，我們也把這件事給忘啦。」汪春含笑說道：「這是你們老哥兒幾個愛惜我，盡顧了談話啦，那麼著我還是真想酒喝，咱們就吃著酒談心倒也好。」他們說著話兒，不多時，頭目們已然將桌椅擺好，跟著放好杯茶。老寨主姜天雄站起來讓座，汪春只在上首落座，三位寨主相陪。跟著酒菜也到了，二位少寨主往上獻酒獻菜。

老寨主將酒斟好，擎杯相勸，大家彼此痛飲。酒過三巡，菜過五味，正喝的痛快時，見有廳下跑上一人，姜天雄這時停杯舉目一看，非是別人，正是旱地蠍子姜小五。姜天雄忙把他喊過來，問他探聽余公明的事怎樣，那姜小五道：「啟稟寨主，屬下下山，今已將此事探聽明白，特來報告，……」這句話尚未說完，汪春急忙站起身來，向姜天雄說道：「賢弟，此事若關乎機密，劣兄可以暫時迴避。」姜天雄遂含笑說道：「兄長你太多心，此事我還要與兄長商議，這時他回來更好，兄長你先落座，容我問個明白，然後再求兄長與我籌謀計劃。」遂向姜小五說道：「你下山這些日子，事情打探的怎麼樣？」

姜小五道：「余公明回到鏢局之後，因為與老寨主有動手的一節，他暗地囑咐鏢局內大小的夥計，從今以後，若有信陽州一帶的鏢，不准由崤山小路涉險而行，皆因有自己的前轍之鑑，怕寨主有報仇之舉，寨主若要欲報前仇，再想別的計畫。」

姜天雄將話聽明白了以後，向姜小五一擺手，說道：「辛苦你了，也就難為你了，下去休息吧。」姜小五將要轉身，姜天雄說道：「且住。」姜小五說道：「寨主有何事吩派？」姜天雄說道：「沒事，我賞你紋銀十兩，帳房去領。」姜小五連忙說：「謝過老寨主的恩賞。」轉身下去。

第二章　鐵算盤妙計尋仇

鐵算盤汪春，在旁邊聽老寨主與姜小五說的話，不知是什麼事，可把他打在悶葫蘆裡面啦，他又不好明著問，遂向姜天雄說道：「賢弟，方才之事，我可以聽一聽嗎？難道你和永勝有碴嗎？」姜天雄見汪春這一問，不由長吁了一聲，說道：「兄長，只因小弟好勝。」說著話遂將自己的衣服鈕扣解開，將右臂現出來，將身形一轉，脊背向著汪春道：「兄長你看，我肩胛這處傷痕，近日才得復原。」汪春一看這一道傷痕，雖然是好啦，但是傷口約有半尺餘長。遂說道：「哎呀，賢弟，這是怎麼一回事？」姜天雄一語不發，將衣服穿好，復又落座。姜天雄雙眉倒豎，眸子圓睜，鋼牙亂咬。先咳了一聲，遂不慌不忙，就把聽信傳言，在打虎嶺劫搶余公明的鏢車，動手帶傷；三寨主賀雲，在寨中劃策，命姜小五打探永勝鏢局，方才稟報的情由，從頭至尾細說了一遍。復又說道：「兄長，你的外號人稱鐵算盤，你與我算一算，此一劍之仇，怎樣能報，也不枉你我弟兄朋友一場。」汪春聽完姜天雄的話，沉吟半晌，連連的搖頭，口中說道：「若要急於報仇，事情很難的，我早就知曉，余公明為人精明強幹，老成謹慎，若要設其牢籠，他是絕不涉險作事，若要是以武力報仇，也不是我長他人的威風，弱自己的銳氣，恐怕難以完全。」

姜天雄聞聽汪春之言，高聲說道：「若依兄長之言，小弟此仇今生不能報了。」汪春搖頭說道：「兄長你還是這樣的性躁，仇一定得報，可是只能智取，不可力敵。」姜天雄說道：「兄長有何妙策？」汪春說道：「賢弟別忙，等把我的鐵算盤打好了，別說是余公明，就是大羅的神仙，也逃不出我掌握之中，可就是一樣，你可別忙，就按賢弟你這樣性急，一輩子也報不了仇。」活閻羅姜天雄一聽汪春之言，蹙著眉說道：「兄長，言之差矣，性緊就不能報仇嗎？」汪春含笑說道：「不是那麼說，古人有雲，知己知彼，方可對敵。在這個時候，你要急於報仇，若讓他知道消息，這就是打草驚蛇。余公明這個人，本來他就生平謹慎，若是讓他得著消息，他再加上一分細心，此仇終難得報。」姜天雄聞聽說道：「那麼怎樣才能報得此仇呢？」汪春拈髯微笑，說道：「你欲報此仇，必須要不動聲色，在冷靜裡去求，何為冷靜去求呢？比如若要欲買這件物件，可別面目上露出非買不可的樣子來，你要露出非買不可的樣子，他必抬高物價，你若欲防範此人的奸詐，必先與他親近，令他不疑，拿你當作心腹，然後你從中取事。似乎余公明，生平老成幹練，深謀遠慮，你稍表一點聲色，被他知覺，要想報仇，勢比登天，他是斷然日夜防範，你雖有千條妙計，也難入手。故而我於他的身上，取冷靜主義，就算受害已過，都疑不到你的身上，可就是一樣，必須慢慢的入手，趁隙而入；你要是性急，我這條計策不如不說。就算說出這條計策來，也算無效。賢弟，你自己先酌量酌量，吾之計百發百中絕不落空。你若不能忍耐，我作一個閉口不談，咱們說別的，倒顯著開心，賢弟，你想好不好？」姜天雄聽了汪春的言辭，不覺的笑起來了，說道：「不過都說，上了年歲的人牢騷，兄長，我和你求計，你連一個主意也沒出，你倒說了不少的忍耐，好些個性緊，還怪我一身的不是，始終你也沒說出什麼主意來，豈不悶死人嗎！只要兄長你說出的計策，我是沒有不忍耐的，你放心，我絕不能耽誤你的妙策。」

汪春聽到這裡，不覺得也笑啦，遂說道：「兄弟你忙了不行，我先喝一盅酒想一想。」說話之間，將酒盅端起來，一飲而盡，復向姜天雄說道：「你再與我斟一盅，我索性讓你多悶一會兒，我為是鍛鍊你的暴烈之性，前次你要不是性暴，哪個能削你一劍啊，兄弟我一面喝著酒，我一面說我的計策，若依著我的話，賢弟你還不用親自下山，就把仇報了，報仇的這個地方，離這裡也不遠，有一座亂柴溝，溝內狹窄。前些年，我不知誰家鏢局子的鏢，行至亂柴溝之內，在溝內被劫。這個搶鏢銀的主兒，也真夠狠，他把亂柴溝山上的山石推下來，不但把鏢銀得到手裡，連人帶馬，皆砸死在山溝之內，到如今始終也不知誰作的案。你可以就這現成的地利，閒著無事的時候，命姜小五帶領幾十名壯丁，到亂柴溝山頭之上，搬運山石，暗派精明的頭目，打探余公明的鏢車，尋常的日子，不拘哪個鏢局子的鏢，行過亂柴溝，千萬可別劫。讓他的膽子放得大大的，幾時夥計打聽得余公明的鏢車，冒險過海，也不用賢弟親自下山，就命二寨主和三寨主，帶領金豹、金彪、旱地蠍子姜小五，五十名得力的嘍囉兵，埋伏在山頭，要是鏢車走到溝內，把平日埋伏的山石，由上面往下一推，連客人帶鏢師，以至隨從的夥計一併砸死，若是余公明親自押鏢，那更好了，插翅安翎，他也難逃活命，賢弟不但白得鏢銀，此仇伸手可報。這個名兒就叫以逸待勞。賢弟，你想此計畫如何？說了歸齊，還是這句話，性急了可辦不了。」

活閻羅姜天雄將話聽完，伸手舒大拇指說道：「兄長，你說了這麼半天，我明白啦，你知道我的性緊，你才亂七八糟的說，你是為了給我報仇，是怕我穩不住性，兄長你自管萬安，我的仇一輩子報不了，我都得照著你這計策行事，倘若該當報仇，就是砸不死余公明，將押鏢的客人砸死，這一場官司，也夠余公明打的。兄長，咱們不必說啦，吃酒吧。」遂著教嘍囉兵添酒添菜，大家擎杯，開懷暢飲。這汪春一連住了半個多月才走。

姜天雄果然按著汪春所定的計畫，遂命姜小五帶領二十名壯丁，在山頭上埋伏，搬運山石。姜天雄見埋伏齊備，便祕密派人至華陰縣，打聽余公明鏢車的動作，由年前直頂到轉過年來五月間，嘍囉兵不斷往山中報告，余公明買賣蕭條，並沒有多少鏢行的買賣。不過不是余公明買賣不好，是各鏢局子生意都不大很好。姜天雄屢次得報，見無機會，也就把這個事情放在一邊，就把這報仇的事情冷淡下去啦。雖然老寨主不以此事在意，唯有少寨主姜金豹，惦記老寨主報仇，仍然暗派心腹在華陰縣打探。

三年之後，姜天雄正和二寨主商議要事，忽然，手下人送上一封信來說道：「大寨主，有汪春，汪老英雄介紹數位綠林豪杰持信到此。」說著話將書信雙手往上呈遞，姜小五由下首座位站起身形，伸手把信接過來，遞給姜天雄。姜天雄接過書信打開一看，信上寫著：「天雄老弟，別來許久，渴念殊殷，本欲早來拜訪，未克如願。前在貴寨叨擾，荷蒙寵遇優渥，承賞賜川資多金，欽感之情，兄由貴寨鑣返南陽後，巧遇舊日良友數人，皆為當時綠林中之豪杰也，刻下東流西蕩，無處棲身。兄知我弟望賢若渴，故敢冒昧枉薦，茲令其持函投呈閣下，倘蒙金諾，則感戴無涯矣，專此藉請，武安，不莊。」附名單一紙，下款寫的是愚兄汪春拜上，茲將來人姓名，開單列後，計開：鬼頭刀韓天壽，花槍陳祿，滴溜旋風邢燕，泥小鬼胡奎。姜天雄將書信看完，掀髯微笑，遂向眾寨主說道：「我當是哪裡來的，原來是老兄汪春，又替我打上鐵算盤啦，算計我寨中的人不夠用的，替我約請幾位朋友，金豹你到外面替我將這幾位英雄請進來，待我問一問。」姜金豹聞言應了一聲出去，前去迎接。於是鷹爪山上又增加了五位豪杰。

這天，忽然手下弟兄報告，永勝鏢局，押鏢過此，寨主意下如何。活閻羅姜天雄聞聽永勝兩個字，想起當年一劍之仇，不由得咬牙切齒，說道：「二弟、三弟、金豹、金彪，下山隨我劫鏢。」這句話尚未說完，旁邊有人答言說道：「大哥何必動怒，此事極為容易。」姜天雄扭回頭一看，說話之人，正是三寨主鐵心鬼賀雲，遂叫道：「賀賢弟有何高見？」賀雲道：「老寨主，您事情未辦，怎麼又犯了性緊的脾氣啦，這不是當年汪老英雄，原來訂下的計劃，這二、三年之內，你老人家把這個事情忘了吧。」姜天雄當時想了起來哈哈大笑道：「可不是忘了，汪大哥算是神算。」賀雲道：「大哥你什麼也不用管，擎好得了。」賀雲便同金豹等眾人上山，看了看山石，又派人打聽永勝鏢局的消息。過了一天，派出的人回稟報導：「永勝鏢局的鏢車，今日晚間必到青雲鎮，若不落站，必定加夜過溝。」

姜天雄未及答言，就見三寨主賀雲以手叩額，說道：此天助我也。」姜天雄扭頭看著三寨主說道：「三弟何言天助於我報仇雪恨？」賀雲站起身形，用手往外一指，說道：「早長請看，外面天色，堪可欲雨，今日就算他們落站在青雲鎮，明天必然起身，或者起身之後趕上雨，如若遇雨，劫鏢後，恰好將咱們劫鏢的形跡洗去。」

姜天雄將話聽畢，舉目往大廳之外觀看，果然是滿天的烏雲，遂說道：「賢弟此計甚善，你們四人前往，我有些放心不下，我派韓賢弟等五人，下山接應就是了。」賀雲說道：「兄長您可是慎重為妙，我們還是先去山溝埋伏為是，您在山外接應。」姜天雄點頭說道：「賢弟，你們爺四個就辛苦吧。」一面將平日挑選好了的五十名壯丁隊，外面預備十頭騾子，讓他們備好，好預備馱他們的鏢銀，又將雨衣雨具一併帶好，二寨主賀玉，遂吩咐各帶兵刃，與大寨主告辭，帶領兄弟賀雲、三少寨主姜金豹、旱地蠍子姜小五等，在外又帶了十名精細踩盤子的小夥計直奔亂柴溝而來。這時天氣已晚，踩盤子夥計已來報告，這鏢車落站青雲鎮，明日定能過溝，賀雲、賀玉聞言點頭，遂帶領眾人直奔北山坡下的樹林內，就在林內預備一切，在林中過夜，靜候永勝鏢車過溝。天近五更左右，賀雲命姜小五帶領五十名嘍囉兵，順著山坡上山，把原先預備的山石，用鐵撬運至山頭上，並將山頭上邊的山石，四外用鐵鎬刨空，為的是臨時往下推著容易些。這時忽然從溝外馳來一人，正是踩盤子夥計，報導：「請寨主早作預備，鏢車現已啟程。」賀雲得報，不覺大笑，遂向姜金豹道：「賢姪你來看，這可應了汪老英雄的話了，地利人和已有，老寨主此仇，伸手可報。」便吩咐探報的夥計，看守騾子，遂向眾人說道：「趁著此時，你我預備十個人裝鏢銀，趁此時機你我先上山。」將話說完，賀雲在前，眾人在後跟隨，出離松林，直奔西山坡，順著西山坡的小道，曲折而上。

這時天已將近午，天上烏雲濃密，地下草色碧青，野草鮮花，香芬可愛。工夫不大，來在山頭之上。賀雲吩咐嘍囉兵先將雨衣穿好，以防暴雨，跟著大家也都將雨衣穿好，吩咐嘍囉兵俱都蹲在東面山坡之上，千萬不準站起來，恐怕是教保鏢的看見。賀雲命兄長賀玉，與金豹在此等候，自己帶領著姜小五等奔西山頭，找了一塊山石遮身，露半面往正西瞭望。就見影影綽綽，彷彿像鏢車的形象，直奔亂柴溝而來，越看越近，仔細一看果然是鏢車，臨到鏢車進溝，可就將鏢旗子看得真切，正是永勝鏢局的鏢銀。那賀雲見鏢車就要進溝，不覺大喜，告訴大家聽他的胡哨，胡哨一起，便自動手，正在準備停當，猛然間核桃大的雨點自天而落。這些人趴伏在山頭之上，幸有雨衣護體，大雨如同巨浪一般，眾人冒雨仍在兩面觀望，就見鏢車仍冒雨東行，意思要沖雨闖過亂柴溝。哪知雨越下越大，李占成率眾意欲冒雨過溝，行至該處，雨水依然托至車廂，車不能前行。李占成意欲在此少駐，等雨略微住些，再走不遲。怎麼著他也想不到此處有埋伏。

這時賀雲在山頭上面，觀看下面車輛不走，若不趁此下手，等待何時，急忙調動眾人，隨即傳令預備，自己一捏下嘴唇，吱嘍嘍一聲呼哨，姜小五等呼哨相和，嘍囉兵一齊下手，將山石往下一推，不亞如山崩地裂，李占成等要想逃命，勢比登天，最可嘆是鏢局子夥計們，俱喪在山石之下，死馬亡人，腸肚皆崩，無一人倖免。

賀雲在山頭之上，已看明白，隨即傳令，我兵退下東山坡，自己帶領姜小五、姜金豹，並手下嘍囉兵，尋路下山，來在松林之內，命踩盤子的小夥計，由樹上把騾馱解下來，教他們跟隨在後，賀雲自己頭前引路，進了亂柴溝，進東溝口，往前行走，就見溝內雨水橫流。工夫不大，就見前面山石擋路，臨近細看，只見被砸的鏢局夥計，破腹腸流，腦髓濺在山石之上，裂馬碎車，狼藉溝內。賀雲遂吩咐嘍囉兵，將鏢車的軟包鏢銀，搬在騾馱之上，四萬兩鏢銀，分在十個騾馱之上，用繩子勒好。賀雲遂向三少寨主金豹說道：「今事已成，你我暫且回家。」賀玉在旁答言，高聲說道：「檢查檢查他們，有逃走的沒有。」采盤夥計接聲說道：「並無逃脫一人，請寨主放心。」

賀雲在前引路，口打呼哨聚齊嘍囉兵，一齊出了東溝。命嘍囉兵牽著騾馱，保著鏢銀，順著西山坡往南，賀玉先在頭裡走。

後面賀雲、金豹、姜小五等，帶著四十名嘍囉兵，各擎兵刃，揚揚得意，往正南而來。來到南邊的大道，順道往東，此時雨已見小，賀雲遂吩咐嘍囉兵，暫且打住。話將說完，姜金豹問道：「叔父怎不往前走哪？」賀雲說道：「賢姪你有所不知，嘍囉兵若要穿著雨衣，顯著走的慢，莫若把雨衣脫下，那就走的快啦，只要一回到山上，就算平平安安，完全交代了咱們的公事，你想怎麼樣。」金豹一聽，遂說道：「那麼著也好。」遂吩咐嘍囉兵將雨衣俱都脫下，都放在騾馱之上。本想平安劫了鏢銀，再想不到潘景林等自後趕來。

那賀雲、賀玉見後面有人追來，不覺納悶，在山上明明看清無人逃走，怎麼剛離開亂柴溝不遠，就有了人追趕呢？他們再也想不到潘景林因病落後走，那姜小五看清是潘景林，即向眾位寨主說道：「前面這人，可是潘景林，咱們大家可要留神。」此時鐵心鬼賀雲說道：「既然他們後面追下來，眾位可別忙，咱們先預備動手。」遂教姜小五，押著騾馱先回山寨，再教三十名采盤的小夥計分兩撥五個人，去通知外面巡風接應的那十五個人，護鏢先走，此時賀玉，吩咐嘍兵往兩邊一閃，一邊五十名，各擎刀槍，擋住去路。姜金豹在當中丁字步一站，手提鋸齒刀。上首賀玉，下首賀雲。賀玉手擎大砍刀，賀雲提著雁翎刀，邁步向前，一聲喊喝，說道：「後面什麼人，敢鬥膽前來送死，爾等報名，你家寨主刀下不死無名之鬼。」對面潘景林，早就把主意拿定啦，鏢銀丟去，李占成等眾人喪命，自己豈能獨生，錯非孫啟華、徐順相助，以無用之身，辦有力之事，自己早就把心一橫。雖然帶病身軀，又被暴雨這一激，又是四肢的痠疼；方才在亂柴溝，目睹眾鏢師遇害的慘況，此時也就顧不了自己的勞累，心中想著欲作困獸之鬥，聽賊人之言，不由得氣往上撞，雙目盡赤，厲聲喝道：「呔！」真是聲若霹靂，山谷響應，說道：「爾等鼠輩，難道說不認得潘景林嗎？」待話說完，墊步向前一縱。

賀雲一看潘景林來得勢猛，遂將雁翎刀一擺，自己想先下手為強，後下手的遭殃，左手向潘景林面門一晃，右手掄起雁翎刀，向著潘景林的脖項刺來，潘景林見刀臨近切，身形向左一轉，右手刀掄起來，向賀雲右手腕子就剁。賀雲見潘景林用刀剪腕的招數，隨即左腿往回一撤步，用手一扁腕子，刀刃衝外，往回一撤，用刀由底下砍來，想將潘景林的手腕斬斷。他盡顧用刀刃找潘景林的右手腕，沒防備潘景林將刀往回一撤，跟著蹦起來，左腿一踢，使的是飛身跺子腳，這一腳正踢在賀雲肚腹之上，賀雲站立不穩，往後一仰身，栽倒在地。潘景林跟著就是一刀，刀剛舉起來要往下剁，就聽有邊喊聲：「休傷吾弟，看刀。」潘景林就聽右邊金刃劈風聲音，向著自己斜肩帶臂而來，潘景林不能再刺鐵心鬼，還不敢扭項觀看，若要一回頭，這一刀非砍上不可。潘景林受過明人的指教，並不回頭，跟著一個箭步跳出圈外，趕緊轉身一軋刀，瞪睛觀看，見一人手提大砍刀，岔步發威，潘景林一聲斷喝，說道：「什麼人，竟敢暗算你家鏢師。」就聽對面一聲喊嚷，說道：「我正是你家二寨主，賀玉。」

潘景林咬牙切齒，正要向前動手，就聽旁邊答言說道：「潘師父，稍微休息，待我將他廢了。」潘景林扭頭一看，原來是鄒雷、孫啟華、徐順，各擎兵刃趕上前來。要按著孫啟華的主意，若要追上劫鏢的賊人，他們要是人少，就可以向前動手，他們要是人多，在暗地跟隨，探明白了他們的窩巢，然後再想法子。俟至追上賊人，孫啟華一看賊人眾多，不料鄒雷一聲喊嚷，賊人止步亮隊。孫啟華正要與潘景林商議，就見潘景林提刀直前，與賊人當場動手。潘景林刀法精奇，與賊人雙戰，孫啟華見此光景，也就不能不動手啦，遂與鄒雷、徐順等人說道：「你我大家齊上。」孫啟華手中擎劍在前，正遇上賀雲，他一翻身剛爬將起來，手中擎刀，意欲報一腳之仇，將要撲奔潘景林；這時孫啟華迎至面前，一聲斷喝，說道：「咳！好賊休走。」賊人未及答言，就聽潘景林高聲說道：「眾位，可別放走了他們，我認得，他們是鷹爪山陰風寨的群寇，他們欲報老鏢頭一劍之仇。」孫啟華聞聽，這才明白其中的緣故。口中說道：「賊子你們原來如此，快報姓名，劍下納命。」

賀雲一聽潘景林喊他們是鷹爪山的，知事已敗露，就是不通姓名，他們也知道啦。遂說道：「小輩，爾等問你家三寨主，姓賀名雲的便是，爾要通你的名姓。」孫啟華瞪睛說道：老子便是孫啟華。」話將說完，手起劍落直奔賀雲頭頂擊來。賀雲往左邊一閃，右手擎刀，使了個外剪腕，孫啟華向左一邁步，往回一撤劍，將劍一橫，用劍尖向賀雲胸膛一劃，賀雲將刀一立，刀頭衝下，來截孫啟華的劍首，孫啟華撤劍，二人戰在一處。此時鄒雷手擎金背鬼頭刀，一聲喊嚷，聲若霹靂，直奔姜金豹而來。姜金豹手持鋸齒飛鐮刀，喊喝一聲：「來者何人？」

鄒雷厲聲說道：「小輩，若問你爺的姓名，我姓鄒名雷，別號人稱霹靂子，鼠輩，你也通名姓，好吃俺一刀。」姜金豹說道：「二少寨主，姜金豹是也。」話到聲音到，一擺刀，向鄒雷斜肩帶臂劈來。鄒雷見刀臨近，並不還招，向右邊一上步，姜金豹的刀就落了空啦。鄒雷見他刀一落空，跟著右手刀一擺，向姜金豹脖頸便砍，姜金豹將刀撤回，用了一個裡剪腕，奔鄒雷的右手腕一截，鄒雷一撤身，姜金豹的刀往裡橫著一推，這一招名叫金刀斷蛟，鄒雷將身一矮，就勢用於一個掃堂刀，向姜金豹連腳骨便剁。姜金豹將右腿一提，腰中用勁往起一縱，這一招叫做旱地拔蔥，順著刀跳將過來，姜金豹雖然將鄒雷這一刀躲過，可是嚇了一身冷汗，心中暗想，好厲害，錯非是我躲得快，不然雙腿截折。遂高聲喊喝：「夥計們風緊，緩著點……扯活。」這就是他們調坎兒，且戰且走。他這句話剛說完，就聽北面哎喲、撲通一聲，可把姜金豹嚇了一跳，扭頭一看，原來是嘍囉兵頭目孫成栽倒在地，身帶重傷。

那潘景林看賊人提刀暗算，自己往圈外一跳，撤身一看，見賊人手提大砍刀，潘景林問道：「爾叫何名，報名受死。」才將話說完，就聽對面賊人說道：「潘景林，你連三太爺都不認得了，我就是鷹爪山二寨主賀玉。」把話才說完，賀玉將刀往前一順，用了個烏龍入洞，向著潘景林胸膛便捌，潘景林見離胸膛相近，稍微往左一閃，右手刀隨著往起一立，用金背刀的刀背，將賀玉的刀往上一掛，只聽噹的一聲，賀玉的刀，可就被潘景林的刀掛開。潘景林可就不能留情啦，跟著一挫腕子，潘景林的刀頭，就直奔賀玉的面門劈來。此時賀玉，想躲萬難，堪堪喪命，嘍囉頭目孫成，一看二寨主性命難保，他想由後面暗算潘景林，手提著花槍，繞至潘景林的身後，照準就是一槍。那潘景林剛要結果賀玉的性命，就聽後面花槍的聲音，直奔後腰而來，潘景林受過高人的傳授，並未回頭，他並不管賀玉，將刀順著左邊，刀頭衝下往回一撤，隨著一轉身，自己的刀，正貼在後面孫成的槍桿之上。孫成意將撤槍，哪裡可能，刀順著槍桿往裡一撩，孫成擊槍的前手四指，被潘景林一刀削落。跟將刀往上一提，潘景林用了個反臂劈絲，這一刀正剁在孫成左肩頭之上，呀呀一聲，撲通栽倒。賊人打算爬起要逃，這時正值徐順趕到，跟著一腳，將賊人踹著爬伏在地，徐順跟著照著腿上可就是一刀，孫成就動不了。

鏢客、賊人戰在一處，鏢客是拚命死戰，賊人漸敵不住，且戰且退，鏢客一直追上去，潘景林等人，追出約在三里之遙，前面一座山寨，賊人欲要逃走。潘景林等眾人，繞著嶺追趕。猛聽見前面噹啷啷的鑼聲一片，孫啟華後面喊喝：「眾位留神，前面恐怕是賊人的餘黨。」眾人止步，就見約有一百多名嘍囉兵，往兩邊一閃，為首五位寨主，當中一人甚是凶猛，掌中金背鬼頭刀，兩旁的寨主一個個相貌猙獰，在下首的，手捧兵刃，怒目橫眉，潘景林就知道是賊人的接應到了。孫啟華眾人一看，眾寡不敵，人家又是生力軍。眾人也都明白，呼哨一聲，施展飛行術，一陣狂奔，姜天雄率眾趕了一程，便吩咐收隊護著劫來的鏢銀回山去了。

那眾英雄因人數不敵，死戰枉送性命，便跑了回來，跑回約三里地左右，方止了腳步。那潘景林直走到方才動手松林之前，向徐順說道：「你看看方才砍傷那個人，可是被人救走了沒有？」徐順聞聽，依言順著樹林一找，就見受傷的這個人，被砍傷肩頭大腿，鮮血淋漓，呼咳不止。徐順回頭對潘景林說道：「賊人尚且未逃，我揹著他吧。」徐順向前將刀往右手一背，此時潘景林將孫成伸手提起，放在徐順肩頭之上，徐順用左手扶住，孫啟華在後面保護，直奔亂柴溝頭而來。此時天色已經不早，這個時候雖然是雨過，滿天的烏雲亂走，正西的天空，紅日被浮雲遮起，現出一層層的晚霞，相映著亂柴溝碧青的青山，這時潘景林帶領鄒雷、徐順等，進了東溝口，往前行走。走到丟鏢之處，潘景林實在是不忍再看那被害的鏢師死的那種情況，遂吩咐道：「這個地方危險，咱們可得快走的為是。」眾人急忙趕回了店中，走進屋內，潘景林將包袱打開，拿出專治內傷的八寶紫金錠來，拿起個茶碗，叫夥計打一點老酒，讓孫啟華把藥研開。

眾人擦了擦臉，各自檢視自己，受傷上藥，換衣的換衣，忙了一陣後，又把捉住的孫成，帶過來讓他坐在炕沿之上，教夥計把臉盆拿出去，與他泡了半碗水，潘景林把水接過來，說道：「朋友，你先把這碗水喝下去，定一定神，我與你有話說。」孫成抬頭看了看潘景林，說道：「你老貴姓？」潘景林道：「你要問我呀，我就是余鏢主的弟子，名叫潘景林。」孫成聞聽，點了點頭說道：「久仰得很，我有件事跟您商量。」潘景林說道：「朋友你自管說，我只要辦得到，絕不能含糊。」孫成聽著說道：「我已然被獲遭擒，身帶重傷，血流過多，你就是放我，我也不逃走，我走不了啦。你這個意思，我也看出來啦，你給我敷藥止疼，用水定神，我已經感激不盡啦。你這個用意，您為的是探聽鷹爪山陰風寨那姜天雄所用的計策。您是怕我不說，這是套我的實話，您讓我說也行，此時我跑不了，我也活不了，您若教我說實話，也成，我當時得求個舒服，你把我綁繩給我解開，我把水喝下去，稍微的緩緩這口氣兒，我必說實話。其實我也明白，說也是死，不說也不能活，如若您不給我鬆綁，您還教我說實話，那可沒別的，我是情願死，我是絕不發一言。」

潘景林將孫成的話聽完，說道：「你這個話，我也聽明白啦，你準知是被獲遭擒，說與不說，你也不想活了，其實把那個理由想錯啦，我們與鷹爪山寨主有仇，與你無仇，不過你是山中的一個頭目，你若有話實說，我絕不傷你的性命。你若肯幫助我們破鷹爪山，事畢之後，我們還得重用於你。鬆綁的一節，何必你相求，這也沒有什麼問題。」一面說著話，潘景林伸手將他的綁繩兒解開，命鄒雷將他扶起，坐在炕上，讓他舒服舒服四肢的血脈，然後潘景林把水遞過去，孫成接過水來，慢慢的喝下去。將水喝完，把碗放在炕上，然後向著潘景林嘆了一口氣，說道：「少鏢頭，論起來我可不當實說，山中老少寨主，均待我不錯。今天被獲，我若不說，你們眾位也不能饒我，我一定是說實話，說完了就在乎你們啦。您要問，這次亂柴溝劫鏢的一事，也不是一日的準備。」孫成就把當年打虎嶺劫鏢，老寨主被余鏢主砍傷一劍，欲報此一劍之仇，鐵算盤汪春劃策，三寨主賀雲，祕密打探，在亂柴溝埋伏，鏢頭中計，劫鏢歸山，自己被擒，前後事從頭至尾，滔滔不斷，細說一遍。潘景林聽完，這才明白，嘆了氣道：「冤冤相報何時是了。」遂命陳寶光奔永勝報告余總鏢頭去了。

第三章　余公明善後赴援

陳寶光走後，孫啟華、鄒雷、徐順，向附近鏢局借了些銀兩，埋藏了死去的鏢師夥計，把捉來的孫成，也殺了，算是給死者報仇。一連住了五日，第六天正在清晨，孫啟華等梳洗已畢，正在屋中喫茶，就聽店門外，人聲嘈雜，有人喊道：「我們進店，門洞兒的人閃開。」孫啟華站起來，隔著簾籠觀看，就見前面有三匹馬闖進店門，後面還有兩輛轎車，前面馬上正是小黃龍姚玉，後面是陳寶光，轎車裡面坐的正是老鏢師余公明。

書中交代，這一天鏢局門口，來了一個人，站在門口說道：「眾位辛苦，我與眾位打聽打聽，這是永勝鏢局嗎？」原來余公明正在鏢局中間坐，照料櫃事。余公明舉目觀看，由外面進來一人，此人身量不高，年紀很輕，身穿藍布褲褂，頭上藍手巾包頭，藍紗紮腰，腳底下撒鞋白襪，打著裹腿。臉上看，大約有十八九歲，圓臉膛，通紅的臉，看著像太陽曬的，渾身上下一身塵垢，臉上是一臉的土，面部上現出一種著急的樣子。兩道濃眉，兩隻大眼睛，額頭豐滿，方闊海口，大耳有輪。就見他站在大門的門口，與兩旁連坐著的夥計打聽永勝鏢局，就聽夥計對他說道：「不錯，這是永勝鏢局，你找誰？」就聽那人說道：「眾位，既是永勝鏢局，有勞眾位與我通稟一聲，我見本鏢局的鏢主。」就聽夥計問那人道：「你找哪一位鏢主呢？」就聽那人說道：「眾位，我打聽這位鏢主姓余，雙名公明，江湖人稱鎮西方龍舌劍，乃是成了名的一位俠客。」夥計接著問道：「朋友你貴姓？」就聽那人說道：「我是南陽府人氏，我姓李。」

余公明站在院裡，聽那人說是南陽府的人氏，他姓李，趕緊搶步向前，來到大門的門洞兒，向那人說道：「你找余公明嗎？」這鏢局的夥計，見鏢主出來，大家一齊站起。遂向那人說道：「這就是我們鏢主，你有什麼事，過去見他就行啦。」姓李的那人聽裡面說話，舉目一看，心中暗含佩服，果然名不虛傳。別看他年紀高邁，精神煥然。看老英雄中等身材高著一拳，生就的細腰扎臂，猿背蜂腰，身穿土黃色河南綢子大褂，裡面白綢子褲褂，青緞子雲鞋白襪，腰中扎一根黃絨繩，燈籠穗排子飄排。往臉上看，面若滿月，兩道蠶眉一雙虎目，額頭豐滿，唇似塗珠。生得三山得配，大耳垂輪，白剪子股的小辮兒，頦下一部銀髯，根根見肉，生得精神百倍，不由心中佩服，往前搶步，口中說道：「您就是余老太爺嗎？」說話間雙膝跪倒，向上磕頭。口中說道：「老太爺在上，小子有禮。」余公明伸手相攙，說道：「你叫什麼名字？」那人站起身形，上下又細看了看余公明，口中說道：「您就是余鏢主余公明嗎？」余公明含笑說道：「正是我的名字，難道還有假嗎？」那個說道：「小子名叫李進，我這次太巧啦，我來到，就見著你老人家啦，不然可把我急煞，您這裡有僻靜的所在，我與您老談談話。」

余公明情知有事，伸手拉著他的手道：「你跟我向這裡來，上櫃房內談話，倒也清靜。」遂轉身拉著李進的手，奔櫃房，後面姚玉相隨，來到櫃房門首，啟簾籠，一同進了櫃房。

到櫃房並不落座。余公明說道：「李進，你有何話說，當面快講。」李進看著旁邊站立一人，臉上現出一種難色，有話不肯照直說。余公明早就看出來啦，遂說道：「他不是外人，是我徒弟，姚玉，他是我的心腹，你有話只管說無妨。」李進聞言說道：「話倒沒有多少，就有一封緊急的書信，請你老人家拆閱。」說話間隨手把藍布汗褂鈕扣解開，敞開懷，原來他裡面貼身圍著一個小黃包袱，紗包紮上。就見他這小黃包袱，上面拿針線縫得甚密，見他恭恭敬敬的把縫線拆開，裡面是一個棉紙包兒，裡面卻是一封書信，就見他把這一封書信，恭恭敬敬往上一遞。

余公明接過書信，就見上面寫著呈余鏢主公明拆閱。並沒有下款，後面封口寫著八個字：「內有要言，嚴守祕密。」余公明知道事關緊要，衝著他們兩個人一擺手說道：「你們轉面。」

他二人只得面向外站，余公明看了看他二人，這才背轉身形，由上面將書信拆開，把裡面信紙取出來，舉目觀看，不由得大吃一驚！趕緊隨手把信紙裝在信筒之內，疊了一疊，貼身帶在腰間。復又轉身叫道：「李進！」這時李進聽余鏢主呼喚，只得轉過身來。余公明叫道：「李進，書信之內情由，大概你必知道。」李進說道：「老太爺要問，小子一概盡知，可就是不敢明言。」余公明說道：「你說的也是，莫若你與我耳語。」李時只得向前，將口放在余公明耳邊，低聲悄語，如此如此。余公明將話聽完，不覺得嘆息了一聲，說道：「也難為你這一片的忠心，你可要言語上謹慎，你就在我這櫃房住幾天，等我把櫃上的手續辦完，我絕不誤你，你只管放心，此事都在我的身上。」

李進點頭。又叫李進與姚玉相見，一面叫鏢局子夥計到廚房預備飯菜，就命李進同桌而食，用完了晚飯，就留在這櫃兒裡面安歇。一夜晚景無事。次日清晨，余公明等起來，梳洗已畢，拿鑰匙把銀櫃打開，由裡面拿出一個存款的摺子，遂叫道：「姚玉，你拿這個摺子，到通達銀號，將所存的現款五千兩，全數提出來，套上咱們櫃上的轎車，把它拉到櫃上來，我有急用。」姚玉接過取錢的摺子，到外面叫夥計套車，奔往通達銀號。余公明在櫃上等候。

大家吃完了早飯，就見姚玉從外面進來，後面跟著鏢局的夥計，往櫃房裡頭盤款。工夫不大，將銀兩俱都搬到櫃房。姚玉回稟老師，請老師過目。余公明站起身形，臨至近前一看，俱是口袋布打的軟包。姚玉拿著個單子，請老師過目查點，余公明一看，是五百兩一包，一共十包。看著銀兩皺眉，向姚玉說道：「你這個孩子怎麼這麼糊塗，我沒告訴你嗎，我有急用，我不要整寶，我用的是散碎銀兩，這個整寶，還得過火，把它熔化了，還得過了枷剪，把它們剪碎倒不要緊，那得費多大事。」姚玉笑嘻嘻的說道：「師父您別著急，弟子早就算計到了，這裡面並不是整寶，俱都是散碎的銀兩，裡面是五十兩一封，十封一包，不但是十封一包，銀子先用紙包好了，外頭又復上一層布，然後才把包打好，您當時用也可，往遠路去帶著也可，若不然弟子怎麼去了這麼大的工夫呢，就因為這個事麻煩。要按著通達銀號櫃上，他願給整寶，皆因弟子與通達號櫃上掌櫃的夥計都熟識，這才跟他要的散碎銀兩，為的是咱們用著方便。」

余公明聽姚玉之言，看了看姚玉，說道：「你倒是伶俐，正合我意，那麼你就休息休息去吧，回頭我還有事。」姚玉將要轉身，就是這個時候，櫃房的簾兒一啟，由外面進來一人，手內提著馬鞭子。余公明不看則可，一看不由得打了一個冷戰。來者非是別人，正是弟子陳寶光，余公明一見，就知道鏢銀有失，因為這次計算路程，還不到回來的日子。余公明不容說話，遂衝著陳寶光說道：「寶光什麼話不用說，你先坐下歇息，回頭我再問你。」陳寶光一聽，心中也就明白啦，知道鏢主怕走漏風聲。陳寶光便在旁邊一坐，將馬鞭子放在桌子之上，一語不發，余公明遂教姚玉讓廚房預備飯，又問道：「寶光，方才你回來的時候，沒有人與你說話吧？」陳寶光接著說道：「鏢主你老放心，回鏢局子，什麼話我也沒說。」余公明點了點頭，知道陳寶光意會。

等了不大的工夫，廚房把飯開了來。余公明看著陳寶光吃完了飯，廚房將皿盞拾了去，這才隔著簾子往外面一看沒人，又命姚玉往外面看著點，若有夥計們來，別叫他進來，又看了看櫃房之內，沒有外人，就是李進、姚玉。遂把陳寶光叫至面前，低聲說道：「陳寶光，鏢銀如何？夥計們性命如何？你慢慢告訴我，我好想主意。」陳寶光聞聽一怔，說道：「鏢主，您怎麼會知道啦？」余公明說道：「並非我知道你們的事，再者我一見鄒雷、孫啟華、徐順三人沒回來，命你回來報信，你臉上氣色又不好，其中必有重大的關係，這個事還用我問，我一見你回來，我就猜著了，你不要著忙，你慢慢的告訴我。」陳寶光一聽余公明這片言辭，心中自然是佩服。遂把由鏢局子裡起身，潘鏢頭得病，住青雲鎮長合店，李占成起鏢，亂柴溝冒雨丟鏢喪命，鄒雷、孫啟華、徐順、潘景林等在樹林內劃策，追賊動手，巧捉孫成前後事細說一遍，又道：「潘師父命我回來報信，以後的事情可就不知啦。小子臨起身之時，少鏢頭囑咐請鏢主多帶銀兩前往青雲鎮，辦理善後之事。」

余公明容陳寶光將話說完，順口說道：「真是福不雙至，禍不單行。」叫道：「陳寶光，事情我俱都知道啦，你千萬不可走漏了風聲，我自有辦法。」回頭叫道：「姚玉，咱們鏢局子裡，現在還有多少名夥計？」姚玉聞聽，即刻答道：「現在還有四十名得力的夥計。鏢師有兩位，現在已經告假回家，大概明天就回來。」余公明與姚玉說道：「今日晚間，叫四十名夥計將兵刃備齊，明日五更天隨我起身。」姚玉心中明白，知道有事，又不敢多問。余公明又告訴姚玉，你們晚上把兵刃備齊，將你們馬匹備好，明日預備一同起身。又教他告訴櫃上趕轎車的車把式，別教他們出去，明天早晨把車套齊了，等候出車。余公明將事交代完了，這幾個人都不知道余公明是怎麼個用意，只得按照師父所說的預備。

到了晚飯後，天剛到掌燈的時候，余公明把銀櫃啟開，把櫃裡的散碎銀兩取出，帶在身邊，把櫃上出入的帳本，均都包在一個包袱內，就是姚玉、陳寶光，雖然久跟老師在一處，也料不出來老師是什麼用意。余公明把自己的兵刃包裹，均都收拾齊畢，到了晚上，大家安歇，直到天交四鼓，余公明起來，命夥計燒水，大家梳洗已畢，告訴姚玉把馬匹備齊，喚夥計們到院中聽候訓話。工夫不大，就見姚玉由外面過來，說道：「啟稟恩師，車輛套好，馬匹備齊，夥計們都在院中伺候。」余公明向姚玉說道：「知道啦！」余公明由櫃房來到院內，見夥計們一個個背後背著包袱，各帶兵刃，站立院內，余公明向夥計們說道：「眾位弟兄們，我余公明養兵千日，用兵一時，只皆因寶生祥的鏢銀，在太行山，被困在山谷之內，今有陳寶光報信，望眾位隨我前往，誓必把山賊趕散，救鏢車出險。望諸位都跟我辛苦一趟，今天咱們大家早一點走，免得街坊知道，不然他們必要問，咱們若是一說，顯著咱們鏢局名譽不好聽。我打算命你們十個人一撥，暗暗的出東門，在東門外小樹林會齊，咱們再一同走，眾位可能肯出力嗎？」一來也是余公明素日待夥計恩厚，再者鏢局裡也免不了丟鏢，大家一聽，齊聲答言說道：「鏢主您只管萬安，這有什麼呢，這都是我們分內之事，那我們就分撥兒先走吧。」余公明說道：「既如此，你們就多辛苦啦。」夥計們一聲說道：「鏢主您老不用囑咐。」說話間，夥計們大家分撥出了鏢局。余公明看著夥計們走後，這才把鏢局看門的夥計老五叫進櫃房，隨手把剛剪的銀子拿出來，湊在一處，放在天平裡。稱了稱，三十六兩，余公明說道：「老五，我這裡有三十六兩紋銀，交給你。我們走後，你一人看守鏢局，頂到晚上，你要如此如此，千萬不可與我誤事，你將事情辦好，也不枉我素日恩待你一場。」老王聞聽，連連的稱是：「我一定照你老人家所說的話辦理。」

余公明將話說完，由櫃房內走出來，叫姚玉、陳寶光，將櫃房的銀兩搬出，放在兩輛轎車之上，一輛車拉兩千五百銀子。把包裹拿出來，俱放在前面的車上，命李進坐在後面那輛車上，讓老五把馬拉過來，姚玉、陳寶光騎馬，把包裹紮拴在馬上。余公明自己坐在前邊那輛車上。這才告訴趕車的起身。

趕車的搖鞭，車輛出離鏢局門首，奔往華陰縣東門。其時城門剛開工夫不大，車輛出了東門，越達了關廂，走了約在五里之遙。就見坐北的一片小松林，見眾夥計們俱在此處等候，為首的夥計，抱著鏢旗子，看著車輛來到，衝著車輛一擺旗子，余公明叫車輛站住，由車上跳下來，衝著眾夥計們說道：「你們眾位多辛苦，把鏢旗子插在車上，路上要有人問，就說去太行山要鏢。」夥計們聞聽，只得答應。把鏢旗子拴在車輛門柱之上。余公明復又上車，由此起身，趕奔青雲鎮而來。

那余公明到了青雲鎮，鄒、徐、孫三人迎了出來，余公明道：「潘景林呢？」孫啟華答道：「他現在舊病又犯了。」余公明道：「我先看看潘景林去，他在哪裡？」余公明進入病房，輕輕的來到炕邊，看了看潘景林，因為是潘景林又舊病復發。這次，似乎病體又加重的樣子。便低聲叫道：「潘景林，我來看你的病來了。」潘景林微睜二目，看了看余公明，顫巍巍的說道：「鏢主，你的事還不夠辦的，還掛念我的病。」將話說完，遂長嘆了一聲道：「鏢主我對不住你……」那余公明道：「你說的哪裡的話，這生意，本就是刀尖子上的買賣，本不敢說一定保準不出錯，鏢銀現已有了眉目，你放心養著吧！」又說了幾句安慰的話，隨即出屋，又要去看死亡的墓地，要設祭一奠。

孫啟華命人買來祭物，到了墓地，余公明把買來的火香，每墳墓之前，各燒四炷香。命鄒雷、姚玉、孫啟華、陳寶光，站立在自己背後，命徐順，告訴他們容我奠祭已畢，你們在坑內點著錢紙，將祭桌上五供擺齊，點著了蠟燭。唯有李進，沒有他的事，讓他站在旁邊。余公明親自致祭拈香，把四炷香插在香爐之內，徐順斟酒。余公明恭恭敬敬，將酒杯高舉，親自口中念道：「眾位弟兄，為吾經營，亂柴溝死的情形可慘，今我無可致祭，燒化錢紙，清酒一杯，我余公明誓死替諸位復仇。」

余公明將祝詞念畢，將酒灑於地上，復又恭恭敬敬磕了四個頭，方站起身形，不由得兩淚交流，就是兩旁邊的夥計，見鏢主待死去的夥計們這一分的恭敬，不由得眾人也就悲慘起來。

余公明向眾位夥計們說道：「你們眾人同事一場，也當致祭。」

眾人等也輪流祭奠了一遍。此時徐順已然把錢紙早就點著啦，容錢紙燒化。然後將祭席搬下來，作晚上的菜，余公明看著眾人收拾已畢，這才帶著徒弟們回奔店中。

余公明回到店中略稍休息了一會兒，靜坐沉思，想了一刻，嘆了一口氣，命姚玉預備包銀子的桑皮紙，又教鄒雷由桌子底下搬出一包銀子來。教他把繩子打開，把裡面十封銀子取出，俱都放在桌子上。此時姚玉已經把紙由外邊取來，余公明命姚玉站在旁邊包銀子，余公明把桌子上五十兩一封的銀子十封，俱都打開，放在一處。另將散碎銀兩，稱了二十兩一包，包了許多包，余公明便命孫啟華將本鏢局的夥計招齊，孫啟華答應，不一時由外邊進來，向前說道：「師父，弟子奉命已把夥計找齊。」那鏢局子夥計在外面說道：「請問鏢主有什麼分派？」余公明道：「只因鏢局子裡頭我有一點辦不開的事，你們暫時不必回鏢局，我每人給你們二十兩銀子，你們暫且回家，在家中聽候我的信。若要不見我的信，可別回鏢局。」眾夥計們聽鏢主之言，也不知怎麼回事，只可就是點頭答應。余公明說著話，將銀子一包一包的遞給夥計們。夥計們只得接過銀兩，與鏢主告辭。余公明笑著說道：「你們候信吧。」眾夥計們只得接了銀子退出去，各自歸家。余公明所辦的事，不但夥計們不知道怎麼回事，就是連他四個徒弟，也不知道是怎麼回事。不但他的徒弟不知怎麼回事，就是跟隨他多年的徐順，也摸不著頭腦。到底是怎樣回事後文自有敘述。

卻說余公明將夥計們開付已畢，回頭問道：「徐順，外面車輛馬匹可曾備齊？」徐順回稟道：「早就備齊啦，在院中侍候著呢。」回頭又問道：「李二在哪裡呢？」李二正在西裡間侍候潘景林，聽外面鏢主這裡問他，隨即由西裡間走出來，說道：「鏢主，你老問我有什麼事，我在這裡哪？」余公明說道：「我教你把景林送到家裡，你可知道，山西省南交界，陽城縣，孝義村，你到那裡，一詢問潘景林住宅在哪裡，一問便知，你把他送到家中，沿路可要小心服侍，千萬可別出差錯，我這裡有書信一封。」說著由腰內把寫得了的那封信，拿出來交與李二。

又教李二雇了一輛車，他自己先去看潘景林，就見潘景林半倒半臥倚在枕頭上，看那個樣子，比昨天顯著精神。余公明率眾人來到屋中，邁步來到炕下說道：「景林，今日你的病症，如何哪？」潘景林一見余公明進來這一問，遂說道：「鏢主，賤軀染病，多蒙鏢主請醫調治，自從昨天吃下藥去，今天透著很精神，就彷彿病症失去大半，今天不知不覺的我坐起來。腹中還顯著有些餓，周身還顯著有一點力氣，若要是再吃一點東西，還可以能吃得了。這劑藥吃下去，真透著大見好。」余公明聽一潘景林之言，搭著坐在坑沿之上，說道：「我打算送你到鏢局子將養，怎奈鏢局裡面人也多，也不得靜養。我想派人把你送到家中。一來有人可以服侍你，再者你也沒什麼掛念著，我就勢給你多帶幾個錢，絕不讓你有內顧之憂。李二他伺候你也相宜，我就派他把你送到家中，鏢局裡的事，你也不要管，都有我哪，你就不用掛念著我啦。」

余公明一面說著話，看著潘景林的情景，似乎願意到家中將養。便不再讓他說話，只安慰了他幾句，便叫姚玉、鄒雷，扶著潘景林上車，潘景林扶著姚玉、鄒雷，掙扎著站起身來，身形晃了兩晃，好在兩旁有二人攙扶著他呢，慢慢的一步一步，對付著出離上房。走到院內，便覺著一陣陣涼風刺骨，不由得口中說道：「喝，好冷。」余公明在旁邊，心中明白，知道他身體微弱所致，其實天氣正在暑熱，余公明在旁邊答言說道：

「景林，既然你身上覺著冷，莫若再穿上一件衣服。」潘景林說道：「那倒不必，坐在車上就可以避風。」說著話來到車前，車把式把車凳拿下來，潘景林踩著車凳，眾人連攙帶抱，把潘景林安置車輛之內。余公明又教李二把潘景林的包袱和他的金背砍山刀拿來，都放在車內。余公明爬在車轅之上說道：「景林，你一路平安，到家中替我問候，所有的盤費，我就交與李二啦，你自放心。」此時車把式把車簾已經放下來啦，余公明囑咐了李二一遍，沿路上小心，不可在道路上耽誤。李二點頭答應，與鏢主告辭，趕車的搖鞭兒，徑直去了。

余公明看著他們出離了店門，這才轉身奔了上房屋，眾人相隨，來到屋中。余公明這才教陳寶光由桌子底下，把五百兩銀子搬出來，放在桌案之上。余公明伸手把繩子解開，從裡面取出兩封銀子計一百兩，交與孫啟華、姚玉，說道：「你們各帶紋銀五十兩，拿包袱包好了，紮在你們的馬上。」復又說道：「你們把你們的兵刃包裹，也就扎備齊了，咱們可就要起身啦。」余公明低聲說道：「咱們車輛上亂柴溝。」眾人聞聽，點頭說道：「是啦。」後面五人騎馬，相隨在車輛之後一同出離店門。張掌櫃的帶著夥計們送到店門外，張掌櫃的與余公明彼此抱拳，看著他們奔東鎮口去了。

余公明和眾人，一直奔了亂柴溝，到了亂柴溝，四顧無人，隨教眾人下馬，進了樹林，將眾人教在一起，余公明回手從兜裏之中取出書信。命大家觀看，嚇得眾人痴呆呆發愣。這才明白，余公明為何遣散眾人。書信裡頭原文是什麼哪？書裡頭內容，寫的是：啟者頃為本會幹事李殿元之僕人李進報稱，家主人李殿元，前奉何騰蛟密報，著家主人在河南省南陽府設宏緣會，以期廣搜人才，共聚大眾。不意事機不密，寄函，中途將密函遺落，被偽地方官察覺，致將家主人逮捕，並累及多人，搜捕餘黨，閣下及日躲避，並請相機設法援救，實為公詣，此致余會友。

大家一看，俱都茫然不解，唯有宏緣總會四個字，正在犯禁之時，才嚇得眾人呆呆發愣。這才明白余公明這一番的舉動，清朝對謀反的事，親友株連，俱是死罪，余公明豈敢大意。

原來自吳三桂占據雲南，由康熙十四年起兵，欲復大明的疆土，各省有志之士，眾意為保持漢族起見。不料吳三桂優柔不斷，不思進取，以至馬保、張國柱、楊遇明、王輔臣等相繼失敗，李成棟舉義未成，鄭成功敗走臺灣。唯有大明湖南總督何騰蛟，為滿清蔡榮，圖海戰敗，遂投入川。自知各路舉義未成，遂率領殘敗的餘眾。尚有十營，馬步將校，只有數十人，內中有一人，乃是何騰蛟的心腹，此人姓馬名奎，武藝超群，對於各種的兵刃，無一不精，人送外號稱為賽展雄。他本是少林寺的門人，總理何騰蛟全軍中軍，只皆因兵敗，隨入西川。

何騰蛟不敢在西川逗留，即入大金川，就在雪山的山脈，有一座大島，名曰黑風島。這座山島，三面是水，一面是山。若有一人把守，可稱得起萬夫難過。何騰蛟看此山出產豐富，可以在此屯兵，遂在此山創造房屋，在山中有十營兵丁，開墾種地，開伐山中的土地，以作久居之所，若滿清不能相容，可以由黑風島這條僻路直通雲南、孟買，由孟買有股山路，可以直通外國。扎下宏緣會的根基，是為宏緣會的大本營。

第四章　飛毛腿失函惹禍

何騰蛟為掩清朝眼目，成立了宏緣會，明為宣揚教義，暗地卻招納草野英雄。這一天，何騰蛟因有要事，修了一封公文，命飛腿謝雲，由金川起身，趕奔河南南陽府，在路途之上謹慎小心，將公函貼身帶在兜囊之內。路途之上，非止一日。

這一日，到了南陽府的西門。天色已晚，一來是沿途的勞乏，再者又因趕路，腹中飢餓，打算買一點現成的吃食。飛腿謝雲正揚著胳臂遞錢。在這麼個工夫，由後面來了一個白錢扒手，這個賊人叫做快手劉，名叫劉華。此人乃是河南著名的大賊，鐵算盤汪春的徒弟，此人原是夜間竊取偷盜的飛賊。只因鐵算盤汪春，在南陽府本府當教師，他又在本地做買賣，為得是借汪春的勢力，他才拜汪春為師。汪春知道劉華手底下很快，這才收他作了門人弟子，為得是每月多少得孝敬倆錢兒。這天劉華出來打算在西關大街作兩號買賣，為得是花著好方便。可巧一眼就看見飛腿謝雲由西邊來，身上是一身的塵垢，兩眼發直，好像從遠處而來。兜裡面透著發鼓，好像兜裡頭帶著錢財似的。劉華可就跟下來啦，只因謝雲走得快，無法下手，可巧謝雲餓啦，要買蒸食，從兜裡掏錢，向前一遞，一伸右胳臂遞錢這麼工夫，劉華在後，看見便宜來啦，自己也作為買蒸食的，從謝雲的身後，順著右邊後面往上一擠。用左手捏著四文錢，在謝雲的後面喊道：「掌櫃的，我也買兩個蒸食。」劉華雖然上面舉著手說著話，其實右手順著自己的衣襟底下伸過去，用兩個手指頭，探入謝雲的兜囊之中，用二指一捏是紙。他以為必是一包錢鈔，其實並不是錢鈔，就是宏緣會緊要的那一封公函。兩個手指頭用力往外一挾，就把這個包兒夾出來啦，右手把蒸食接了過來，轉身就走。飛腿謝雲丟失公函，他連個影子也不知道。

劉華以為這一包定是錢鈔，遂找了千僻靜的短巷，把紙包拿出來，看了看四外無人，打開一看，這一看並非是錢財，原來是一封書信。看著像平常的信件，不是錢財，心中很煩，原打算把它撕了一擲。一看上面寫著這個人的名字，是本處有名望的人。劉華認識字又不多，上面寫的是內交李殿元親拆；後面看了看寫著八個字：內有要言，旁人勿拆。劉華知道李殿元是本處的一位紳士，心中想著，這是誰給他來的信呢。又一想我也沒什麼事，莫若拆開看一看。伸手把信從上面拆開，從裡面取出來。一看寫的竟是行書字，最末寫著宏緣，底下這個字還不認識。在這個不認識字底下，一個會字。劉華一看見這幾個字，嚇得他一吐舌頭，急忙把信折疊折疊，帶在他的腰間。

心中暗想，當今康熙旨意，下給蔡榮將軍，駐師鄭州，為五省宣撫使兼辦善後事宜。蒐集各省密探的報告，現今前明逃亡的舊臣，設立宏緣會，流亡各省，欲謀舉事，擾亂疆土。唯有南陽府吃緊。前者我聽老師汪春提過這件事，還讓我留心在意。

現在府內派密探各處調查，嚴緝密捕。到如今本府內未得著確實的情形。這封信裡面有宏緣會這幾個字，莫非李殿元與宏緣會有什麼關係，心中說道：「先等一等，作買賣不作買賣倒是小事，我把這封信，明天一清早送進去，交與老師教他老人家看一看，就知道怎麼一回事啦。」自己將主意想好，轉身回家。

第二日劉華便去見汪春，汪春正和一個老友談天，是他師父的摯友名叫焦通海。劉華一聽這人不是外人，連他師父在衙門裡當教師，都是這位的介紹，可要論起焦通海這個人，他也是少林寺四派之一。何為四派呢？若要提起來，話可就長啦。

僧道兩門，始興於秦漢之間，是時正在漢朝的時代，從西方印度來了一位高僧，欲在中國傳道，此僧名叫金禪，他從印度至中國，行至山西五臺山，站在五臺山中臺山頂之上，一看中國，旺氣甚盛，早晚必有聖人出現，他可就沒敢在中國傳道，他仍回印度去了。從金禪在印度傳道，傳至二十五代，是時正是中國梁武帝那個時候，印度出了一位聖人，稱為達摩尊者，他也想到中國來傳道。由西方海渡進入中國，行至陝西、河南交界熊耳山，自己恐怕道行淺薄，就在熊耳山面壁一住九年。

這位達摩尊者，運用的是內丹的氣功，行功十二，站功十二，坐功十二。這就是三十六個架子。行功十二，名字跑字功；站功十二，練得是骨肉生肌，身若鋼鐵；坐功十二，到打坐之時，腿擰成麻花，腿心朝天，手心朝天，搭在小腹之上，微閉二目，沉著下氣，眼觀鼻，鼻觀口，口問心，舌尖頂上腭，氣貫丹田，運用氣功，吸呼天地之靈氣，得日月之精華，倒轉三車，別名叫渡雀橋，惡氣由鼻孔而發，功夫既久，可能修的返老還童，發白皆黑，牙掉重生，此為還重不老，長生之術。如今相傳達摩三十六精義，即此術也。九年術成，投奔河南嵩山，入少林寺，遂傳弟子六人。就是阿尼，阿然，阿元，阿衡，喏喏，聖廣。達摩尊者傳大徒阿尼之時，在少林寺正南，有一座尼姑庵，廟名永泰庵，永泰庵的尼姑，名叫永泰，第二個徒弟，就傳授的是她。從此亂派，若不然直傳到如今，大凡和尚稱呼尼姑，都稱為師兄，皆因他的派大。俗家稱尼姑，稱為二師父。此等稱呼，皆從此而起。達摩尊者，留守山門，永泰不在此數。聖廣趕達摩，西渡黑海（所有書中達摩渡江的故事，即此典也，並非渡長江，是渡黑海），由此傳為四派。後分為八剎，分東西南北四派。至今相傳，每剎必有二位僧人入朝少林。每一年少林寺，必有一位高僧，西渡黑海，朝天竺國雷音寺，直傳到如今，仍然還是這個規矩。所以說汪春的這個朋友，也是少林的宗派，他是四派之一。北派就是五臺山，小雷音寺。達摩分派之時，留下江湖黑話之際，就派了孔雀和尚，維持小雷音寺。以武術傳遍天下，遂立北派。

孔雀和尚的大徒弟，名叫黑虎，此人受孔雀和尚的真傳，遂自立一家，名叫黑虎門，此人手黑心狠，名術之中，狡猾百出，可稱天下無敵。此人品行不端，專愛偷盜竊取，姦淫掠搶，無所不為。後來被他師父孔雀和尚所知，孔雀和尚親自下山，將他治伏，成為廢人。若論他的武術，可稱得起天下絕藝。只皆因他行為不正，後人無人習學，往往小說中有黑虎門的朋友，就是黑虎這一門所傳。惜此拳腿之功，奧妙無窮，神鬼難測的招數，為黑虎人品所累，至今不能存在，埋沒無遺，誠為可惜。

汪春這個朋友，就是北派黑虎門的人，此人姓焦，雙名通海，他原籍是大名府的人氏。這個南陽府的知府杜尊德，也是大名府的人，由京都刑部郎中轉缺之時，轉到南陽府知府。彼時焦通海，他本是京南一帶的大賊，外號人稱抱頭獅子，皆因人命案太多，無處棲身，以舊日同鄉之故，他才投到京師的杜尊德宅內。杜尊德知道他武術高強，遂將他留在宅中護院，以至杜尊德調往南陽府知府，又恐怕道路南行，攜著到任，帶的行囊又多，遂請他沿路保護，把他帶到任上，又有同鄉之情，沿路上他又很盡心勞累，遂派他為府衙裡頭的密探。

劉華見師父，行了禮，說道：「師父，弟子今天得了一封信，上寫有宏緣會字樣……」話未說完，汪春忙道：「什麼？快拿來我看。」劉華將信取出遞與汪春，汪春接過來一看，信已經拆開啦，信封上寫的是內交李殿元先生親拆。後面寫著八個字：內有要言，旁人勿拆。隨手把信籤從信裡面取出來一看，上寫：本會自成立以來，我朝人民來歸者，刻已接踵而至，然本會會址地處偏僻，山川為阻，遠隔重洋，雖有志士，亦難投至，必須多設分會，方足以廣範圍而張勢力。除在福建設分會外，著派本會幹事李殿元，在河南南陽府設立第二分會，並著該幹事李殿元，兼充分會會長，總理會中一切事宜，該幹事自當激發天良，各盡乃心，復我大明疆土而後已。本總會長，誓死滅賊，理無用顧，凡我同志，亦當務本初衷，毋背此盟，相應函達查照，此致李幹事兼第二分會長李殿元。委託隨寄。

下款寫著宏緣總會公啟，末尾寫著宏緣總會長何騰蛟。名上蓋著篆字圖章，系光復大明宏緣總會會長之章十二個字。

汪春將密信看完，把肩膀一晃，鬍子一捻，倒吸了一口涼氣，把舌頭一吐，說道：「喝，這樣重大的事件，單讓你遇上啦，這是鬧著玩的嗎？」

焦通海在旁邊坐著，聽得糊裡糊塗，遂向汪春說道：「大哥，什麼事你這麼大驚小怪的。」汪春把舌頭一伸，說道：「焦賢弟，咱們是走運哪，這封信若不叫我這個徒弟得到手裡，別說連咱們哥倆的事情幹不了啦，就是連咱們官府也受不了。」

焦通海說道：「你老人家說了半天，倒是什麼事呢？」汪春說道：「兄弟你也不問，你一看這封信，你就知道啦。」說話就把這封書信遞與焦通海。焦通海不看則可，這一看嚇的臉色焦黃，皺著雙眉向劉華問道：「賢姪，這封信，你是從哪裡得來的？」

劉華一聽焦通海問他，趕緊說道：「老伯，您可別笑我，這是小子我的見識，皆因我作黑道兒的買賣不夠用的，我這才作白道兒的生意，我為的是多剩幾個錢，好用著方便。再者說衙門口兒這一幫窮神，我那一炷香燒不到，他們也得找尋我。」遂就把在西關跟下一個外鄉人，就把他買蒸食竊取的情由說了一遍。「我以為裡面是錢鈔，便拿到僻靜巷口，我打開紙包兒一看，原來是平常的一封書信。我打算把它撕了一擲，我一看有本府著名的紳士李殿元的名字。我一想自己也沒有事，打開看看吧，唯有最後的幾個字，我看著詫異。上頭宏緣兩個字我認不準，底下『會』字我認得，當中那個字我還不認得。皆因我聽我師父說過，讓我留一點神，聖上有旨，命蔡榮蔡將軍，駐在鄭州，嚴防宏緣會；文書已行到本府。我師父讓我各處留心，我看見這封信，我怕李殿元與宏緣會有什麼關係，我把這封信拿到衙門來，叫我師父看看，裡面有什麼關係沒有，可巧焦大叔您在這裡啦，這更好啦嘛。」

焦通海說道：「好小子，從前我真沒看出你有材料作這一檔子事，你就算對啦。可有一樣，事關機密，小子你可別往別處去說啦，事情重大的很，事情要完了，不但大人有賞，連我也虧不了你。」回頭向汪春說道：「老哥哥，這個事應當怎麼辦？」汪春向焦通海說道：「這個事還能遲誤嗎？不若稟見大人，即把此事回明，遲則生變，賢弟你想怎麼樣？」這哥倆剛才商議完畢，就見簾子一啟，從外面進來兩個人，倒把焦通海、汪春嚇了一跳。定睛細看，一看前邊走的是少爺杜新，後邊的是伺候少爺的書僮。一見少爺進來，這哥倆趕緊站起來啦，就聽少爺對他師父說道：「老師，剛才我打發張福、趙才這兩個小子，到外面看看你老在把式房沒有，這兩個小子也不回去，我在書房等的著急，我這才帶著進兒上這裡來啦。焦師父也在這裡哪，其實我倒沒什麼事，我為的是叫汪師父把我這趟六合拳，再給我熟悉熟悉。」汪春、焦通海遂往旁邊一閃，遂說道：「少爺請坐吧。」

杜新隨著入座，看桌子上有一封書信，順手拿過來一看，將書信看完，遂大聲說道：「李殿元私通宏緣會，這封信你們從哪裡得來的？」汪春趕緊擺手說道：「少爺，事關機密，你可別嚷。」杜新說道：「這個事情也沒有多大的要緊哪，再說這屋裡也沒有什麼外人，你們這個事情打算怎麼辦。」焦通海向杜新說道：「我們還沒有回稟大人哪。這個事情也不是忙的，總得慎重行事，聽大人堂諭。」杜新向焦通海說道：「那麼著也好。」剛把這句話說完，杜新在桌子上一趴，口中不住哎喲哎喲直叫。焦通海問道：「少爺，你老怎麼啦？」杜新遂說道：「你們不知道，我犯了腰酸啦。進兒，你趕緊給我捶一捶。」焦通海道：「進兒趕緊過來，慢慢與他捶打後背。」杜新喊道：「進兒，你別使勁，震得我五臟疼。」進兒遂說道：「我沒敢使勁，這不是慢慢的捶嗎？」杜新說道：「你輕一點砸，不要緊，你不知道我的五臟全是壞的嗎？」焦通海說道：「少爺，你老坐著，我到裡面回話要緊。」說著話，焦通海出了把式房，向東直奔上房去了。

焦通海進了上房，杜知府問他有什麼事，焦通海看了看左右，口中說道：「大人，事情機密，請屏退左右，方敢明言。」

杜尊德對下人說道：「你們暫且下去。」眾人只得退出。焦通海看家人退出去，遂將那一封要緊的公函取出，雙手呈與杜尊德。杜大人將書信接過來，以為是平常的書信，看了看信皮，遂把書籤取出來，不看則可，一看嚇得面目更色，不住的搖頭說道：「這還了得。」又說道：「通海，此書信從何而來？」焦通海說道：「跟大人回稟，這是我手下人劉華無意中得的。」杜尊德聽焦通海之言，不由得皺著眉說道：「李殿元他是本處的一位紳士，豈能擅捕呢？我的意思，恐怕驚動本處的監生員，與本處的治安有關係。我這個意思，打算往上行文，聽上憲的交派，再做道理，你想怎麼樣？」焦通海聽著搖頭道：「大人，這倒不必，你老人家請想，這個事情，是一時都不能緩，若要日久，必當生變。您想，丟失書信人，今又在逃，未能當場就捕。他既然將緊要的公函失去，他必然設法報告宏緣會的機關，李殿元既是宏緣會的首領，據我想，本地宏緣會餘黨，不只李殿元一人。若要稍一容緩，再上行文，若等回文發到，李殿元聞風在逃，這個公事，你老更不好交代啦。」

杜尊德聽焦通海之言，點頭皺眉道：「你言之有理，那麼應當怎麼辦呢？」焦通海道：「大人，此事關係重大，又有宏緣會這封公函與何騰蛟這顆圖章，不如用個穩軍計的法子，請大人派人將李殿元請至衙中，就提有要事相商，李殿元若是來到衙內，大人將他讓至書房，用言語盤問他，若要看出形跡，書房外預備差役，就當場把李殿元捕獲。我暗中帶領自己的徒弟和多名快手，到李殿元的家中，搜查他的文件。若要查出李殿元和宏緣會來往的私函，然後再搜捕他的全家，拿至衙門，聽大人的審訊。若要搜不出來他的密函，派官兵圍住他的宅院，將李殿元看押，然後再將這封私函，一同行文鄭州，聽候蔡將軍、圖海侯爺鈞諭，再行處理。就算這封信是假的，大人因為清理地面起見，也沒有多大的處分。大人您想這個主意如何？」

杜尊德一聽焦通海所說的這片話，甚為有理，說道：「事已至此，也就得這麼辦。那麼我就派人去請李殿元，也就不必知會外班，你就帶著徒弟在書房外伺候，以備捉拿李殿元，這件事都交給你辦了。」

焦通海離了書房，把捉拿李殿元的計畫與汪春一說。汪春道：「這個事情，教劉華到下處，把徒弟們教到把式房來，不用告訴他們什麼事，等他們到了這裡，再告訴他們。劉華，你可快去快來，你就辛苦這一趟吧。」劉華向汪春道：「師父，你老放心吧，慢不了。」說話間，劉華出了把式房，奔了下處去了。焦通海跟著落座向汪春問道：「少爺哪裡去了？」汪春笑話道：「賢弟，你看看你給薦的這個徒弟，這還練武，方才坐著，腰就疼起來啦。你走之後，腰倒是不疼啦，肚子又疼起來啦。」

進兒攙著他上茅廁去了。」焦通海聽汪春之言，不由好笑，叫道：「大哥，當初我薦您在這衙門裡教武術，我沒告訴你嗎，這是個養老的地方，你管他練不練哪。」

再說杜尊德回頭叫劉福道：「你把我的護書給我拿來。」劉福轉身由桌案上將護書拿過來，雙手遞與杜尊德，杜尊德把護書打開，從裡面拿出一張名片，向劉福道：「福兒，你去一趟吧，你到李殿元的宅內，拿我的名片，就提本府請同城鄉紳，並舉監生員，在本府的花廳見，討論本地治安，務必請老員外來府商議，就提本府在花廳恭候，千萬駕臨。」劉福兒將名片接過來，轉身出了書房，直奔馬號，教馬伕備了一匹馬，出離馬號，直奔北關廟青竹巷而來。

劉福到了李宅，將名片遞上去，李殿元正在家中閒坐，見杜大人的名片，不由一愣，便問劉福道：「大人何事相請？」劉福回答不甚知道，大概討論治安和修築文廟問題，各位紳商俱已駕到，只等你老人家一人。李殿元聽完點頭，吩咐家人好好看家，他去去便來，命劉福先回，他帶了翰墨，出離青竹巷，進北門，直往府衙。來在府衙門首，就見衙門差人，俱在門口坐著閒談。李殿元叫書僮翰墨將名片拿出一張來，自己接到手內，親自向前遞過。眾公差一見是李員外來到，趕緊都站起來，垂手侍立。皆因眾差都知道李殿元是本處的紳士，因此俱都站起來，恭恭敬敬向前說道：「員外來到衙門有什麼事？」李殿元帶笑說道：「你家大人約我參加討論本處的治安，有勞眾位與我通稟。」遂將名片遞過去，將話說完，旁邊轉過一位值日的班頭，雙手把名片接過去，說道：「員外，你老少候，待下役與你通稟。」李殿元說道：「那麼閣下受累吧。」值日班頭轉身往裡走，由儀門直奔書房，只見劉福在書房外坐著，役差遞上名片，劉福心中暗想道：真來啦。伸手把名片接過來，向外班說：「你在外邊站一站。」劉福隨即出了回事處，拿著名片上了外書房。來到書房門首一看，在門首外站著四個人，卻是焦通海的四個徒弟，一個叫劫江鬼解德山，一個叫矮腳鬼解德海，一個叫花刀鄭英橋，一個叫閃電腿時元，站在廊檐下。書中暗表，知府杜尊德，見著劉福的回稟，準知李殿元已到，祕密地埋伏下了四個人。

這時見劉福走了進來，舉著名片回稟道：「李殿元求見。」杜大人向焦通海一揮手，焦通海會意，四人藏起，杜尊德這才向劉福兒說道：「請！」劉福兒擎著名片出了書房，直奔二堂，由大堂穿了過去，來到衙門口，就見李員外站在門首。劉福遂向李殿元說道：「裡面大人請。」劉福將名片一舉，轉身在前引路。李殿元和書僮翰墨，過儀門至大堂轉過屏風，將到二堂，就見杜尊德在二堂之下，笑嘻嘻的說道：「哎呀，原來李員外到此，恕我未能遠迎。」李殿元見大人迎接，遂向前一拱到地說道：「民人蒙大人相約，焉敢不到，豈敢勞動大人遠迎。」杜尊德笑道：「老紳士太謙了。」說著話攜手攬腕，一同進了二堂，直奔書房而來。來到書房門首，有人啟簾；杜尊德執手相讓，一同進了書房，就往裡面讓座，再三的謙讓，仍然是杜尊德上座，李殿元下首落座。劉福跟著獻茶。杜尊德與李殿元茶罷擱盞，李殿元抱拳笑道：「適才呼喚李殿元，聽說大人為討論本處的治安，在府裡茶廳會議，聽說並有本土的紳士，與同城舉監生員，怎麼大家還不來呢？莫非俱在花廳。」杜尊德聞聽，遂捋鬚微笑道：「老紳士，這個事情，也不必約集同城讀書的功名人，就是各位鄉紳，也不必勞動，只因本府接到上憲的公文，內說大明朝的逸臣，接連盜匪在南陽府欲謀不軌。本府接到公文遂派密探各處調查，近日屢次得報，他們在各處設立宏緣會，欲擾亂南陽府。本府得報後，甚為驚駭，終未得有確實的消息。今有人報告，言說閣下與宏緣會很有關係，所以為地面治安起見，也就不必驚動鄉紳父老，就把閣下一人請來，就可以商酌，老紳士若能知道宏緣會的底蘊，老紳士只管明言，本府必當特別的保護。閣下若要知悉，不肯明言，本府要按著公事辦，與老紳士的臉面上，可就不好看啦。若依著本府的主意，還是實說為是。」

李殿元將杜尊德之話聽完，不由得心內暗吃一驚，自己暗想：「杜尊德這句話，正戳在我的心頭。」又一想：「我在宏緣會作事機密，並無人知覺，莫非他以言詐我。」自己心裡頭拿定了主意，我自己倒要鎮靜才是。李殿元面目上，並不帶驚恐，遂和顏悅面色說道：「老大人，李殿元素日安分，府臺是盡知。就是在您治下這些年來，凡有公議事情，或是與本府有益的事情，我是無不盡心竭力。就是這些年，李殿元敢說沒有不法的行為，老大人今日反拿李殿元取笑起來了。」將話說完，哈哈大笑。

杜尊德見李殿元不慌不忙，從容分辯，心中暗含著佩服李殿元，真不愧宏緣會的首領。看他何等的膽量，他明知道事來到當頭，你看他口齒何等的伶俐。杜尊德想到此處，不由得臉上往下一沉，說道：「李殿元，你太能分辯了，明明有人出首於你，我與你留著很大的面子，你既是不肯實說，我可以給你一個大大的證據。」李殿元聽杜尊德之言，明知道自己的事情恐將有漏，不得已就將臉一沉，跟著說道：「有何證據，明明是府臺故意捏詞，李殿元並無冒犯，本身有何劣跡，到要府臺指摘。若無確實證據，便是府臺敲詐鄉紳未遂，捏詞陷害，李殿元就對不過府臺，我必就要上訴了。」

杜尊德聞聽李殿元一片的言辭，不由得勃然大怒，口中說道：「好大膽的李殿元，汝叛形已露，欲謀暴動，被本府察覺，本府寬恩，與你留許多的體面，你竟敢在本府的面前咆哮。你所作的事情，都要與國家為難，當然你是目無法紀，本府應當與你一個大大的見證。」遂說道：「來呀，先把他拿下。」這句話尚未說完，焦通海由後面抓李殿元，往後一用力。李殿元如何經得住呢，不由得往後一仰身，咕咚一聲，栽倒在地。解德山、解德海向前搶步，他們早就預備好啦，按倒推翻，繩縛二臂，兩個人往一起一攙，架著李殿元，面向杜尊德，丁字步一站。

李殿元氣得顏色更變，氣昂昂的復又一陣的冷笑，高聲喊道：「好你杜尊德，你竟敢欺辱鄉紳，凌虐斯文，我把你這貪官，……我與你定有個分辯的所在。」杜尊德站起身形，用手指著李殿元，說道：「你們大家看看這個東西多狡猾，暫且把他押下去，回頭待諭嚴刑審訊，哪怕你不承認宏緣會的首領，左右與我推下去。外面派人看押，勿令脫逃。」這時鄭英橋、時元等，已把書僮翰墨捆綁起來，一同押到外面去了。

杜尊德發落完了李殿元，又回頭叫道：「焦通海，你到外面傳本府的諭，同你四個徒弟，外帶四十名快手，前往青竹巷搜查李殿元的住宅，勿令脫逃一人，嚴查他的來往函件，速來回稟，千萬不要走漏風聲，驚動他的牙爪。」

焦通海說道：「遵諭。」轉身呼喚四個徒弟，到外面約會班頭，挑選精明強幹的四十名快手，暗帶鐵尺、鐵鏈，由府衙起身，一直出了北門，來到李殿元的住宅，就見大門關閉，遂命捕快將李殿元宅院圍住。焦通海這才上前叫門，裡面並無人答言，焦通海急忙下了臺階，施展躥房躍脊的功夫，墊步擰腰，躥上門樓，由裡面跳下去，將大門啟開。官人蜂擁似的闖進去，欲要拿人，到了裡面一看，別說是人，連一條犬也沒有。

焦通海帶著徒弟，你看我，我望你，面面相覷。焦通海向徒弟們說道：「咱們師徒奉諭前來拿人，咱們若拿不著人，怎能回府交差？」花刀鄭英橋在旁說道：「師父，大人不是那麼交派的嗎，拿不著人，搜查他的來往函件。」焦通海向鄭英橋說道：「言之有理。」復又向左右說道：「你們大家裡面去搜，千萬可別動他的銀錢什物，只搜查他的來往公文信件。」

眾人聞聽，一齊答應，向裡面各處搜查，前後內外搜查數遍，並不見有來往私函。

搜到後面祠堂大櫃之內，有一個楠木小箱子，上面封鎖嚴密。焦通海吩咐，用鐵尺把鎖震落，將箱子打開，往裡面一看，裡面卻是李殿元與宏緣總會來往的公函，點了點，一共是四十七件。焦通海看見私函，心中可就放下心來啦，總算是差使有了交代。焦通海吩咐把小箱子捆好，叫徒弟解德山等用棍子搭著；又命二班的班頭鄭英橋，帶領二十名夥計，在本宅的內處栽樁。什麼叫做栽樁，這個栽樁就是在宅內安著官人，將大門一關，如若外面有人叫門，官人將大門與他開了，跟著躲到門後，只要人一進來，兩旁邊的人，由門後出來，伸手拿人，這就教栽樁。外面官人留下這十名，暗中圍著這座宅子，或是見著有人往宅子裡打探，或是面生可疑，辦案的老在遠處的看著，只要看準了，伸手就辦。

焦通海把官人安排好了，這才帶著徒弟，與差役抬著箱子，抬回到府內，見了杜大人道：「回稟大人，奉大人的堂諭，往青竹巷李殿元家中，搜捕他的全家，他家中人口，業已聞風遠颺，不知何人走漏消息，並未捕獲一人。因此搜查他的內外，並未搜查著他的贓證，只在後面祠堂，搜出木箱一個，內有與宏緣會來往的公文，一共四十七件，聽候大人檢閱。」

杜尊德一聽，沉吟半晌，搖著頭向焦通海說道：「要按你所回稟的事，李殿元結連宏緣會，叛反是實，本府細想起來，實在是可怕，錯非是你精明強幹，外面派的人多，明察暗訪，才將此事發覺，不然南陽府必要演成殺人流血的慘劇，這總算國家有福，本地的百姓不該受塗炭之災，本府免得從中受累，都是你一人之功，本府行文之時，必當保舉你就是啦。」焦通海聞聽大人之言，向上請安，口中說道：「多謝大人提攜。」杜尊德說道：「你先把外面的箱子搭進來，待本府查看他的來往公文。」焦通海跟著說道：「遵命。」轉身出去，將箱子拿進來，把箱子蓋揭開，將裡面的公文一件一件取出來，向上呈遞。杜尊德逐件查閱，嚇的毛髮森然。裡面的事情，俱都是何騰蛟命李殿元在南陽府招賢納士，暗地招兵買馬，聚草屯糧，何騰蛟命李殿元在南陽府代宏緣會暗辦軍火，送往西川。

杜尊德越看越害怕，隨將公文看完，向焦通海說道：「李殿元謀叛未遂，今既被捕，本府要嚴刑審訊，你到外面傳話，本府即時升堂。」焦通海答應一聲，退出書房，知會外班，伺候升堂。遂又叫鄭英橋將公文裝在箱子之內，命時元、鄭英橋將箱子搭在大堂之上，放在公案桌旁，預備審訊李殿元。時元、鄭英橋二人，將公文放在箱子之內，把箱蓋蓋好，二人搭著箱子，出離書房，直往大堂而來。

工夫不大，就見焦通海由外面進來，說道：「跟大人回，外面八班人役，業已在外面伺候，請大人升堂。」杜尊德向焦通海說道：「本府知曉，你也在外面堂上伺候著。」焦通海答應一聲，退出書房，杜尊德遂吩咐左右，預備官服，跟班的大家忙亂，伺候大人將官服換好，然後四個跟班的給大人提著皮褥子，拿著水菸袋，和大人應用物件，俱都帶齊，杜大人穿上公服，上了公堂說道：「帶李殿元！」左右一聲答應，喊喝聲音未了，只聽堂下嘩啦啦鐵鏈響的聲音，就聽下面回事的喊李殿元帶到，此時對面將全副刑具，早就與李殿元戴好。杜尊德在上面一看，就見李殿元身戴手銬腳鐐，鐵鎖加身，班頭把他帶在大堂之上，將鐵鏈向堂上一擲，嘩啦的一聲，口中說道：「跪下。」李殿元站在大堂之上，看了看杜尊德，身形向外一轉，一陣的冷笑，口中說道：「杜尊德，我把你這貪官，只因你敲詐鄉紳未遂，今日將你家老爺，如此的作劇，帶在堂上，有何話講，快快的說來，無非仰仗你的職銜，欺壓鄉紳，你要講啊。」杜尊德在座上將臉一沉，驚堂木一拍，口中說道：「啊，你這大膽的李殿元，你竟敢結連宏緣會會匪，欲圖擾亂南陽府，施行暴動的手段，今被本府查覺，你來在堂上，還不從實招來，你反倒咆哮公堂，立而不跪，本府就應當重責於你，無奈你的案情太重，本府寬恩，絕不加刑，你還不從實招來，等待何時，你如若不肯承認，休怪本府，我可要用酷刑啦。」李殿元聞聽杜尊德口口聲聲，追問宏緣會，不由得心中暗想，我所辦的宏緣會之事，並無人知曉，嚴守祕密，莫非有什麼洩漏，莫非是別人事犯，連累於我，也未可知。暫且跟他鬼混，看他如何問我。遂將身形一轉，面向杜尊德說道：「杜大人，我把你這貪官，你若想用些個銀兩，你盡可以明說，你何必捏詞敲詐鄉紳哪。此時宏緣會正在犯禁之時，你要捏造字據壓迫於我，你說你家老爺與宏緣會結連，也不能憑一面之詞，可有什麼確實的證據。若無確實的證據，你就是訛詐鄉紳，損壞我的名譽。杜大人，我可有些個對不過你，咱們二人到開封府分辯，我可要上訴於你，你可要估量些你的功名，你可要賠償我的名譽。我問你，捏詞敲詐鄉紳，賠償名譽這個罪名，你可曉得。」

杜尊德在座上一聲斷喊，說道：「李殿元，你這個東西著實的可惡，你所做的事情，以為本府不知道，若沒有確實的證據，諒你也不肯屈服。」遂吩咐左右先把他勾結會匪那一封祕函拿過來。跟班的在旁邊，聽大人要那封公函，遂把護書打開，由裡面把那封書信拿出來，雙手呈遞，放在公案上。杜尊德隨手將書信舉起，用手指著這封書信，向李殿元說道：「這就是你謀叛大逆的證據，我讓刑房念與你聽，大概你也就認罪，無可分辯啦。」回頭叫道：「刑房，將書信念給李殿元聽！」

刑房書吏，將書信接過來，站在公案一旁，高聲念了一遍，書吏將公函念畢，雙手放在公案之上。杜尊德將信籤拿在手內，用手指著何騰蛟的圖章，向李殿元說道：「你來看，這是你們總會長何騰蛟的印章，這你還不招嗎？等待何時？」

李殿元聽書吏念誦公函，心中早就輾轉，不由得自己納悶：「這封緊要公函，如何落在他們的手內呢？」回頭向左右觀看，並未有犯罪之人。心中又一想，這必是下書人不慎，沿路遺失，既無人質對於我，就憑一紙的公函，也不能算我的真實的證據。再說宏緣會的機關，我豈能說呢。只得自己咬住了牙，為大明的江山，就是死於刑下，也不能輕易的招認，只得與他設法分辯。自己拿定了主意。猛聽得杜尊德指著圖章讓他承認，李殿元笑著說道：「大人，你既要設法坑陷鄉紳，你必要作出一件假書信，再刻出一顆假圖章來，你好捏詞，不然你以何為憑呢。無非你是作出來圈套，欲設法謀害我，就憑一紙書信，你教我承認結連宏緣會會首，我可有什麼招的哪？你可以思索思索，我可以招認，怎麼個說法哪。大人你可得與我想一想。」

杜尊德聽了李殿元供詞狡猾，心中思想，李殿元這個東西，一來他是本處的鄉紳，再者他在本地呼喚的又靈通，本府沒有正式的把握，想要把他問倒屈服，勢必很難。他的口詞如此鋒利，不若給他這個證據讓他看看，他也就無的可狡展啦。」

在座上遂把小鬍子一捻，叫道：「李殿元你這麼一說，本府是屈賴你啦，當然是本府不對呀。那麼說要是有確實的證據，你能承認嗎？」李殿元衝著杜尊德腆著胸膛說道：「你若與我找出確實的證據，我也不用你三推六問。」

這時鄭英橋，早把箱子搭在公案之前。李殿元此時早已然看見，認得是自己祠堂存放重要公函的楠木箱子一隻，不看則可，一看險些嚇了個膽裂魂飛。自己定了定神，心中暗想，莫非全家被獲遭擒，家中被抄。不然這個箱子如何來到公堂？自己正然心中思想，猛聽得上面驚堂木一拍，杜尊德說道：「李殿元，這是由你家祠堂裡搜出來的木箱一隻，內有你與宏緣會何騰蛟來往的公函，四十七件。這是由你家中搜來的物件，大概你沒有什麼可說的了吧。你若早早承認，宏緣總會設立何處，本府治下，你們的會友共有多少，你全家逃往何處，你要從實招來。如若不然，本府可要得罪你了。你自己想想，如不招認，臨到本府嚴刑審訊，那時你可也得招，不過是枉受嚴刑。最好，你還是承認的對。」李殿元他見了自己的箱子搭在公堂，又聽杜尊德這一篇話，自知禍到臨頭，無奈與宏緣會重大的關係，如何能說呢？俗云，大丈夫寧死堂上，不死堂下。

李殿元自己想到這裡，才發動了一定的決心。聽杜尊德這一問，往後倒退半步，仰面哈哈的大笑，自己早就把生死二字拋於九霄雲外。他遂向杜尊德說道：「貪官，你若問我，我也不必隱瞞。我李殿元，乃是大明世襲鎮國威山公的後裔，先朝遭闖賊之亂，滿人入關占據大明的疆土，屠滅前明的漢族，我輩世受先朝的皇恩，豈肯坐視漢族的戕滅？遂設立宏緣總會，何騰蛟為主腦，總會設立在各商埠群島，所有大小都市，皆有宏緣會的足跡。就告訴你總會的住址，你也無法抄辦。皆在海外，方才書吏念的那封公函，內有山川險阻，遠隔重洋，大概我說的不假，你也不必往下追究。至於設立分會，是我李殿元要求前明川湖總督何騰蛟，在南陽府設立分會，是李殿元的要求，回函至此，不知如何落在你手。這就是機關不密，蕭牆禍起，今李殿元被捕到案，你若問會友多少人，分會未立，哪裡來的會友哪。家眷在逃，我更不得而知。你若問我的本意，就是為光復前明，保全漢族，恢復大明的原狀。這就是我們本會的宗旨。」李殿元將話說完，又道：「我話已說完，任憑發落，倘要勒令再問，你可休怪李殿元出口不遜。」

杜尊德聽李殿元的供詞，見他從從容容，並無懼色。明知李殿元發下決心，就是嚴刑苦拷，他絕不肯吐露他的爪牙，莫若讓他先畫供收禁，然後修寫行文，將搜出來的函件，一併解往鄭州，若嚴刑審訊，李殿元刑下斃命，我又得費一番的手續。想到這裡，遂說道：「讓李殿元畫供。」李殿元慨然畫供。

書吏將供詞獻與杜尊德的面前，杜尊德看了看原供確實，順手用硃筆標禁牌，向左右說道：「將李殿元帶下去收禁，派人看守，勿令通風。」眾差役把那李殿元推下去收禁。

杜大人退堂不久，忽有當地紳商十餘人求見，杜大人微然一愕，連忙請進，原是本地紳商聯名具保李殿元，由一位當地薛公遞上稟帖，杜尊德看完，遂向薛公說道：「老紳士，與眾位紳商原有同鄉之情，理應保釋，怎奈李殿元案情重大，就是他所作所為，連本府也得擔著一分處分，既是老紳士眾位到此，原是一分好意，無奈李殿元所作的事，連本府也不敢宣布，請老紳士同各位紳商暫且回家，不必擔保。日後宣布他的罪狀的時候，諸公也就明白啦。」薛公含笑抱拳，向杜尊德說道：「既是老大人不賞臉，不肯開釋，學生等鬥膽敢問，李殿元身犯何罪，學生等可以明了明了。」

杜尊德向薛公含笑說道：「論起他的案情，本府不敢令各位鄉紳知曉，恐怕走漏了風聲，既是老紳士勒令的要求哪，可是要到外面嚴守祕密。」說著話，順手就把桌案上這封公函，遞與薛如彬。薛公雙手接過來，由頭至尾，細看一遍，不由得顏色更變，搖頭咋舌，仍然雙手將這封公函放於案上，往後倒退，口中說道：「老大人，學生無知，打攪大人的公事，實不知李殿元有這等不法的行為，只知李殿元因事冒犯大人，故敢前來保釋。若要知曉李殿元有如此重大的案情，學生等天大的膽子，也不敢具保擔負，望求大人恕學生等冒昧唐突，千萬恕過。」杜尊德帶笑說道：「不知者，不怪。再者眾位紳商，原是一片熱心，保全鄉紳的體面，本府也不怪。」說著話，將案上聯名的稟帖交與薛公，說道：「請眾位回府，千萬嚴守此事。李殿元案情，休要在外面宣布。」薛公只得諾諾，接過稟帖，退下大堂，約同眾人出離府衙，仍回山東會館，將此事說明。

大家各自作別回家。

哪知杜尊德，吩咐鄭英橋、時元等，將公案上這封公函，一同收在箱內，搭回書房。杜尊德將公事辦完，吩咐退堂，站起身形，離了公位，轉過屏風，穿過二堂，直奔書房而來。派人把焦通海請來，杜尊德說道：「通海，你坐下，我與你有話相商。」焦通海只得落座。杜大人道：「通海，你屢次用心幫助於我，今又訪查著如此重大的案件，本府剛才升堂審訊李殿元，他當堂承認宏緣會的首領，又訊他所供確實，唯有不肯承認他手下有多少爪牙。按本府擬用嚴刑審訊，無奈本府又怕他刑下斃命。只因奉蔡將軍圖海侯鈞扎，想將李殿元押解鄭州。本府與你商議，我辦一份呈文，把李殿元函件證據，及他的原供，一併押解鄭州，可就是沿路上危險。恐怕宏緣會黨羽知道，李殿元被捕，怕他們在半路中，劫奪李殿元，我與你商議，想一個萬全的法子，只要押到鄭州，將李殿元交與將軍侯爺，依法懲治，咱們可就脫了關係啦。我想一定非你不可，我又怕你人單勢孤，有防範不到的地方。我打算問問你，你手下有無武術高強的能人，或是本府內，有成名的英雄，咱們也可請出來，讓他協力相幫。我這個用意，就是為慎重起見，你與我計劃計劃。」

焦通海聽了知府杜尊德的交派，焦通海不由緊皺雙眉，心中暗想：「府臺所說的話，句句是實。李殿元既是本處的鄉紳，他又結連宏緣會，他手下難免沒有黨羽，若要由南陽府押解起身，就是這鄭州的路上，可也是真危險的。」自己想到這裡，不由的更慎重了，遂向杜尊德說道：「府臺大人，你老所慮的甚是，就是我焦通海，也是這個意思。如果押解李殿元，在路上有點舛錯，我焦通海也吃罪不起。府臺既教小人約請能人，押解李殿元起解鄭州，我焦通海倒想起一個人來，此人武藝超群，也是少林北派的英雄，他是我們本派的人，此人的武術，可就比小人勝強百倍了。如今他前來看望小弟，此人頭兩天，就打算告辭要走，被我苦苦挽留，因此他才中止行期，我打算再款待他幾日，再叫他走。這個事情可就太巧啦，正趕上李殿元的案件發生，他現在我們下處住著，尚且未走，可得小人與他商議，不定此人願意不願意。此人性傲，大人若備封公函為是。」杜大人道：「那有何妨？此人何名？」

焦通海道：「此人名叫神手大將楚廷志。」杜大人點頭道：「那麼我就把這件事交付你了。」焦通海道：「全在小人身上。」

商議完畢，焦通海辭別大人返回下處去了。

知府杜尊德正與曹師爺在書房談話，由外面慌慌張張跑進一人，來至杜尊德的面前，喘吁吁的說道：「啟稟大人，大事不好，只因書僮李進，陪著少爺在把式房間坐，少爺一陣肚腹疼痛，李進隨同少爺入廁，工夫太大，不見少爺回來，我們不放心，直奔茅廁前去觀看，並不見書僮李進，只見少爺在中廁之內，不知被何人用褲帶將少爺勒死。我等各處尋找李進，不見蹤跡，特的前來報告，小人等恐怕是李進暗害少爺，請大人前去查看。」

杜尊德一聽此言，嚇了個膽裂魂飛。杜尊德只急得顏色更變，連話也說不出來了。還是旁邊曹師爺在旁答言：「啟稟大人得知，既是少爺被害，旁邊又無別人跟隨，只有書僮李進伺候。據學生想，恐怕李進暗害少爺，這裡面還有別的情由，請大人先派人將李進捉住，一問便知。不知大人尊意如何。」知府杜尊德聽了曹師爺之言，這才緩過一口氣來，杜尊德一世，就是這麼一個兒子。本來他素日多病，杜尊德終日就以此事為憂，今聽少爺被害，只急得兩淚交流。聽曹師爺說得有理，急忙傳諭：「你們到外面知會三班，急忙與我捉拿李進，千萬別讓他跑了。如果李進逃走，告訴他們我定要重辦，叫他們班上務必用心，如若拿住李進，本府還有重賞。」報信人轉身出去，傳大人的堂諭，捉拿李進。

李進，乃是李殿元家中管家李祿之子，皆因他七歲他娘就死了，他就在宅中跟著他父親李祿過活。李殿元愛他聰明，身體又長得健壯，李殿元早晨用功，熟練武術的時候，他總在旁邊看著。李殿元問他願意不願意練，他還是喜歡習學。李殿元時常給他鍛鍊腰腿，日子一長了，他也有點成效，索性讓他一同用功，由七歲上就練，直練至十六歲，他的拳法精熟，俱是李殿元親傳，掌中一口雁翎刀，十八趟閃手花刀，真有神出鬼沒之能。

李殿元那時節，正然籌備宏緣會，皆因是杜尊德任南陽府知府，李殿元暗地結合宏緣會未免在知府的身上注意，凡事留心，打算在衙門裡安下一個人，作為自己的眼線。倘若自己機謀不密，府衙內有個風吹草動，為自己的事好有人報信。這才命李祿，在府衙內結交劉福；李祿托劉福與他兒子李進在衙門裡找個事情作，別的事情，李進不能作，最好在衙門裡當差，作小夥計，這個差使原是事少人多，總遇不上機會，可巧少爺的把式房，要找個小書僮，一半伺候少爺，一半在把式房伺候眾人練武。劉福與李祿一商議，老管家李祿，倒很願意，這個事情，三言兩語，就上了工啦。其實李進在衙門伺候少爺，他不為賺錢，就是李殿元暗派李進在府衙內臥底，衙門內凡有一舉一動，李進暗暗的報知李殿元。事逢恰巧，今天伺候少爺到把式房閒坐，可巧就遇上劉華，搜得宏緣會的公函，拿到府衙把式房內，面見恩師汪春，因此才與焦通海相見。以至少爺來到把式房見桌案的書信，少爺杜新拿過來一看，那李進站在少爺的身後，少爺沒看完，李進早就看明白了。不看書信則可，這一見公函，嚇得李進膽裂魂飛，自己打算先奔李殿元住宅報信，怎奈少爺杜新命他捶腰，一時一刻也不能脫離，心中暗自著急。李進見焦通海到裡面回話，又因杜新，走動入廁，李進又是一番的著急。這一封公函，大人一見著，必然要派兵，捉拿李殿元，一家老小，性命俱都不保。自己又一想我父子世受我家主人養育之恩，此時正是報主恩德之際，唯有杜新這小子，非我伺候不可，難道說自己眼睜睜看著主人全家被擒，這可沒別的說的了，杜新這小子既要入廁，我趁著他在茅廁之中，將狗子結果性命，非是我意狠心毒，實為報答主人李殿元之恩德。自己想到這裡，把主意拿定，遂扶著杜新，來到花庭的後面。

李進扶著杜新，進了茅廁，杜新命李進將他的褲帶解開，又叫李進扶著他蹲在廁坑之上。杜新復又吩咐李進將他後面的衣服，與他掖好。李進心中暗想，真是你小子該死，莫若我用褲帶，將狗子勒死，然後再去報信，令我家主人早早脫逃，不然禍不遠矣。自己想到這裡，站在杜新的後面，一面給他掖起衣襟，一面把褲帶系好了一個活扣，順著杜新的腦袋往下一套，在後面一緊繩扣。杜新以為是李進與他開玩笑，遂說道：「李進別鬧。」這句話尚未說完，好狠的李進，兩膀一用力，在後面就是一腳。這一腳正踹在杜新的後腰上，杜新身形往前一栽，手扶在地。李進向前一趕步，用膝蓋頂住他的後心，兩膀又一用力，一緊繩子。此時杜新爬在地上手刨腳蹬，李進猛聽得杜新下部出了一個虛恭，騰的一聲，李進準知杜新已死。隨手將繩子在脖項上拴了一個扣兒，杜新再想活，除非是轉世。

李進見杜新已死，時不可緩，隨即急忙跑回李家見了父親一說，李祿大驚，忙見主母、公子、小姐，說李主人事犯被捉；主母、公子、小姐，也沒了主意。還是李祿有些主張，忙張羅著，收拾些細軟，找了車輛馬匹，直奔宜昌府，宏緣會的會友那裡去了，那李進不走，躲在城外一個會友劉治國家中，探聽李殿元的消息。

杜尊德因此案重大，辦了一套咨呈，命焦通海將李殿元並有書僮翰墨，一同押往鄭州，交蔡榮蔡將軍圖海侯爺訊辦。並祕密起解，不準外面聲張。府衙內又出了一件案子，知府杜尊德之子杜新，被書僮李進，用褲腰帶勒死，裡面杜尊德，知道了這個凶信，一面將杜新的死屍抬在後面盛殮，一面痛恨李進，派府衙內的人班人役馬快手等，懸賞緝捕李進；拿住還要就地正法，如若要是教李進逃走，知府杜尊德，還要重辦。

過了幾日，劉宅派人往南陽聽李殿元的情形，派去的人回來，稟明李殿元的情形，劉治國不由得雙眉緊皺，看著李進，說道：「你這孩子辦事真爽快，剛才的言語你可聽見了？」李進說道：「小人已經明白的。不知員外怎麼設法。」劉治國對李進說道：「你不要忙，我倒有主意，回頭我派人，到外面找一套農人衣服，你把它換上，你帶點盤費錢，我寫一封密書，你由此混出往潼關華陰東關路南永勝鏢局，面見鏢主佘公明，此人外號人稱龍舌劍鎮西方，此人年過花甲，問明白了，再將書信交與他，他必有妥當的辦法，你可要沿路仔細慎重，不可大意。事關至要，你千萬把我的話記住了。」自己寫完了信，復又看了一遍，交與李進。李進雙手將信接過來，向家人要了一塊包袱，又把衣裳脫下來，把信包好，貼著身將包袱繫在腰間，然後將汗褂穿好，化了裝，變了臉色。劉治國又命家人取來紋銀二十兩，給他作為路費。李進收拾齊畢，向劉治國雙膝跪倒，口中說道：「劉爺爺，我主僕的性命，皆出於爺爺掌中所賜，小人也不敢言謝，小人之心，唯天可表，今日之事，銘於肺腑，咱爺倆個，後會有期就是了。」李進將話說完，當時告辭。劉治國又再三囑咐，命他沿路保重。李進是一一的謹遵。臨行之時，劉治國命他由後門而走，劉治國將他送出了後門，自己這才直奔前面，照常度日。

且說李進，由南陽府，直奔潼關而來。在路途之上，日夜的兼程，非只一日。這天出了潼關，來至華陰縣的東關，遇著行人一問永勝鏢局，這才有人指引路南大門便是。李進來到門首一看，就見門前有許多人，好像鏢局子的夥計。又見大門上有一塊匾，黑匾金字，上面寫的是「永勝鏢局」四個大字。這才上前打聽永勝鏢局，很巧就遇見了余公明正在院中站著，與夥計們談話，因為聽見外頭有人詢問永勝鏢局，他老人家才過來說道，你找誰。李進一聽有人問話，舉目一看，見余公明氣宇軒昂，這才過來接談。不料果然就是鏢主余公明。因此當面投信。

余公明不看書信則可，這一看信，就知道這個鏢局開不成了，恐怕玉石皆焚，反而連累了別人，自己這才下了一個決心，歇了鏢局。因而帶同李進與徒弟們，一同起程來到青雲鎮，將前後手續辦清，並送走潘景林，開發銀兩已畢。這才帶同眾人來到亂柴溝以北樹林之內，才將劉治國命李進下書，打救李殿元這一封密函拿出來，讓大家觀看。眾人這才明白了老師余公明的這個用意。此時孫啟華等，將書信看完，仍然交與老師余公明，向恩師說道：「師父你老人家這個用意，弟子原先不明，這內中之事，我等也不敢過問。今老師把書信拿出來，我們大家看了，雖然已經知道信內的情由，恩師你老人家對於這件事，怎樣的辦法呢？」

余公明聽了，臉上當時變出一種怒容，只見他雙眉倒豎，虎目圓睜，鬚髮皆張，咬牙切齒，說道：「唉，你等若問，只因大明錦繡的疆土，遭闖賊之亂，旁人乘隙，唾手而得天下。吳三桂只為陳圓圓，遂引狼入寨，不思進取。陳圓圓到手按兵不舉，遂至失敗。他若忠心，為國為民，聚天下義士，早就將他們趕走，何至受今日之迫。論起來我可不當說，吳三桂只為一女子陳圓圓，忘卻君父，遂落於不忠不孝，不仁不義。所以何騰蛟，首創宏緣會，聚明朝的遺臣，天下的義士，欲圖再舉，復還大明的原狀，保護民族，不受外人之欺，我等因之加入，就是潘景林潘師父，也是明朝名臣之後，我二人俱表同情。雖然為師開設鏢局，一半經營，一半招聚義士豪杰，好參加宏緣會。不意亂柴溝失去鏢銀，李占成等喪命。就憑為師掌中的一雙龍舌劍，再有爾等相助，再約上幾位同志的英雄，攻打鷹爪山陰風寨，捉拿姜天雄等群寇，好與鏢局的夥計，報仇雪恨，要回鏢銀，照舊作你我鏢行事業，這些個事到沒什麼要緊。唯有會友李殿元設立分會，會長何騰蛟，用人不當，路途失去密函，因而事發，遂遭此禍，劉治國派義僕李進，前來下書，命我在南陽路上，相機打救。還要劫搶囚車，打救李殿元，咱們這個鏢局，萬不能再為設立。既不能設立鏢局，豈能再有工夫往回奪鏢銀？並非是為師，為丟鏢銀，無法賠補，難見寶生祥銀號經理。鏢局這次倒閉，實係環境所迫，只得落個對不起寶生祥銀號，棄鏢局脫逃之名。我這才將櫃上所有的五千兩紋銀全數提出，辦理善後一切，將事情辦完，我才敢把書信交與你等觀看。然又恐怕事關重大，走漏了風聲，倘若消息走漏，豈不成了畫虎不成反類犬，如今的事情，你們也都知道了，所以就與你們商議，若劫到囚車，不但鏢局不能開，就是連我家中老小，也得躲避。我有心率領你等前往要隘，等候囚車，怎奈無人遷移我的家眷，我打算與你們商議，你們四人，前往方城縣東，有一座方城山野狐嶺，這條道路，是由南陽府到鄭州必由之路。他們囚車若由南陽府起身，非走這條路不可。此處多山，道路幽僻，行人稀少。若在那裡等候，準可以搶劫囚車。我打算命你四人，帶同李進，作為眼線，在那裡等候。如將囚車劫下，救了李殿元主僕，你們就由小路趕奔宜昌康家村，面見康金棟，就在那裡躲避躲避。李殿元他與康金棟交誼過厚，自有關照，就不用你們分心了。我想帶著徐順，上泗水縣，搬取家眷，也奔宜昌康家莊，在那裡躲避躲避。咱們那裡聚會，再想別的法子，重整宏緣會。如若你們到了野狐嶺，就在那裡等候囚車，我接取家眷，也得走方城山。你我若是見著，就讓徐順保護著家眷先奔宜昌，我帶著你們再等候囚車，如若我趕不到，囚車來了，你們要是搶劫的時候，可要謹慎，千萬不可大意。孫啟華，你們弟兄四人，就是你精明強幹，我將此事，託付在你的身上。你們見機而作。」

孫啟華等將話聽完，遂向余公明說道：「恩師既以重任相托，弟子絕不敢大意，那麼我們弟兄，就與恩師分手啦。」余公明點頭說道：「我也就不必再囑咐了。」余公明將話說完，這才叫孫啟華他們大眾起身，看著他們進了亂柴溝，穿溝而過，余公明這才叫徐順，告訴趕車的快奔泗水縣。

余公明回歸余家村，暫且不表。那鄒雷、姚玉、陳寶光、孫啟華，他們四人帶同李進，五個人四騎馬，由亂柴溝，穿溝而過。五個人調換騎著，沿路之上，孫啟華想主意，告訴大眾：「行在路上，有人要問咱們是做什麼的，就說是保鏢的。李小弟，可得把名字改一改，不然，他勒死南陽府知府杜尊德之子杜新，杜尊德必然派人在各處追捕。倘若教人看出破綻，那時候再出點舛錯，可就麻煩了。莫若教他把名字改一改，我想把李進兩個字，改為李有方，把咱們四人的衣裳，讓他換一換，倘若有人來盤問，就提他是販賣珠寶的客人。為的是沿路之上，遮蓋眾人的眼目。咱們倒不要緊，就是李賢弟他身上背著案件，你們大家想一想這個主意好不好。」眾人一聽，孫啟華說得甚為有理，大傢俱都應諾。就按著孫啟華的計畫而行。

沿路之上，暗地小心留神。

這一日正往前走，已經到了魯山縣，孫啟華等由澠池縣亂柴溝起身。他們所走的道路，由沙石山，走登封山，繞走汝水奔寶豐縣，至魯山。魯山離方城山相隔甚近，孫啟華與姚玉、鄧雷，催馬前行，只見道旁的青草，配合著一片片的黃沙，遠看翠疊疊的青山，近看樹木森森，行人短少，唯有樵夫，在林間伐砍的聲音。小鳥兒在頭頂上亂叫，四人馬踏征塵，李進在後跟隨，遙望遠村，聽有犬吠的聲音，孫啟華向姚玉道：「姚師兄，我們走的這條道，是魯山縣管轄。前面那個莊子，叫做寒坡嶺，靠著南邊的有一座狹嶺，這個莊子就以此嶺為名，要再走過寒坡嶺，可就是方城縣的地面啦。莫若你我今天越過寒坡嶺，離方城山野狐嶺相近有一座莊子，咱們就在那莊子內找店一住，吃完了飯，或是早晨，你我調換著到野狐嶺瞭望，俟等囚車到來，咱們再為動手。師兄你看這主意怎麼樣？這叫以逸待勞之法。」姚玉聽完之後，說道：「此話甚佳，那麼你我急忙催馬，緊著趕路。」唯有李進徒步相跟，在後面就受了罪啦，那焉能跟得上呢。好在路途之上，他們五個人倒是替換著騎馬，今天是李進的班兒。該李進步下徒行，他們一催馬，李進氣得在後面亂喊，說道：「你們四位別忙，我可是跑不動啦。」

孫啟華聽後面喊叫，這才猛然想起後面李進，在馬上笑著喊道：「咱們慢著走，把李賢弟，落下了。」大家回頭一看，也就未免的笑起來了。孫啟華四人勒了住馬。孫啟華隨著跳下來，說道：「咱們兩個人換換。」李進在後面跑得喘吁吁說道：「你們幾位真會拿我玩笑，只顧你們一催馬不要緊，我在後面跑得上氣不接下氣，差一點就斷了氣。」孫啟華笑著說道：「得啦，老弟，誰讓我們把你忘了呢。我與你牽著馬，你先騎兩步休息休息。」李進接著說道：「也就得這個樣，不然我也實在跑不動了。」說著話由孫啟華手內把馬接過來，便翻身上馬。孫啟華在後面相隨。繞過寒坡嶺，走的小道，到了方城縣地面。

靠著東面黑暗暗的有一個莊村，姚玉等四人下了馬，姚玉向前與孫啟華說道：「賢弟你來看，東面這個莊子，裡面大概有店吧，你我不如暫且住宿在此處，然後再探聽野狐嶺的消息。」

孫啟華搖頭說道：「此處不好。」孫啟華看了看四處無人，向眾人一點手，五個人合到一處，遂向眾人說道：「你我眾人要住在這個村裡，如劫車事成，這裡沒有往北來的道路，必然逃往湖廣地面；若劫了囚車，難道你我返回來取馬嗎？依我說，今天天時已晚，咱們暫且住在此處，明日起身，咱們還是往野狐嶺上往南，再找下處。你們看這個事情如何，按這個主意怎麼樣。」姚玉抬頭一看，紅日已墜西山，天果然是不早啦，遂向孫啟華說道：「那麼就這麼辦吧，很好，咱們就投奔這個莊村啦。」

第五章　群雄敗走

孫啟華、鄒雷、陳寶光、李進等，眾人落了店。到了夜間，五人聚在一起，祕密計議。規定了計畫，這才輪流打探囚車的消息。一連十餘日，才探聽囚車明日準能由此經過。第二天，天還似亮不亮的時候，烏雲滿天，細雨淒風之下，正趕上囚車暗度野狐嶺。五位小英雄，正趕上囚車到此。論起來這個囚車早就應當過去，他們五個人，非誤事不可。這裡面有個原因。前文表過，南陽知府杜尊德，與焦通海商議妥當，約同楚廷志，保護囚車，若論起楚廷志的武術，實在是天下無雙。掌中一桿方天畫戟，受過高人的傳授，可算得起是魁首。這天杜尊德下密令讓焦通海帶著自己的四個徒弟，劫江鬼解德山、矮腳鬼解德海、花刀鄭英橋、閃電腿時元，又在本府外班，挑選了五十名快手、一個馬快的班頭、一個朱快的班頭，奉知府杜尊德的面諭，並有親筆的提牌，在外面預備大車兩輛，趁著人不知鬼不覺，捧著咨呈押解李殿元及書僮翰墨起身。這個意思是不走沓呈，也不等候鄭州的回文，怕是走漏了風聲，路上出險。迅速急快起身，焦通海就讓他們大家收拾收拾兵刃包裹，領取盤費，焦通海又把公事交代明白，教外面班頭預備起身，焦通海帶著楚廷志，同他這四個徒弟，直奔後面花園把式房。

只因鐵算盤汪春主意多，所以找他要個妙計，大眾這才奔了花園。由西邊角門過去，來到把式房，焦通海啟簾走進，就見汪春在屋中，手捻著白鬍鬚坐在那兒發愣。汪春一見焦通海進來，向焦通海說道：「賢弟，李殿元的事情怎麼樣了？」焦通海與楚廷志隨著落座，焦通海就把大人審訊李殿元，當堂供實，並將大人的分派，約請楚廷志協力相幫，帶領徒弟預備差役押解的情由，向汪春說了一遍。汪春聽著點頭，向焦通海說道：

「焦賢弟，事情你辦的總是很好，可有一件你看看我這個事情夠多難，總算賢弟你成全我，給我找了這麼一個養老的所在，實名教給少爺練武術，其實任什麼事情也沒有。如今衙內出了這種事，少爺又被李進勒死。少爺已經是死啦，大人派人各處捉拿李進，如今李進脫逃；其實這個事情，與我沒有關係。可有一件，我在衙門裡頭算幹什麼的呢？這一來，我在衙門裡頭也幹不了啦。再者賢弟你與楚賢弟，也是藝高之人，就帶著幾十名快手，由此解押鄭州，倘若道路上有點舛錯，你準能顧得過來嗎？其實我這是多說，你想怎麼樣。」

焦通海回頭看著楚廷志，沉吟半晌，遂向汪春說道：「汪大哥，小弟沒有兄長深謀遠慮，我帶著楚賢弟到此，為的是把所有的事情，告訴您老人家。就怕是有漏空的地方，要是出個主意，小弟實在是比不了兄長您，因此小弟特來向兄長您請教，您給我想個主意，但願平平安安把差事交到鄭州，小弟我可就卸了責任啦。不然，道路之上，真要是有點舛錯，小弟我可擔不起。求您給小弟想一個萬全之策。」

汪春將話聽完·向焦通海說道：「賢弟你不用說，方才我坐在這兒發愣，我算計兄弟你一定來，我早就把主意給你想好了。要依著賢弟你的主意，由此起身，趕奔鄭州，道路上沒有事便罷，倘若有事，準教兄弟你照顧不及。不用說別的地方，就說由此起身，最難走的是方城山野狐嶺，那個地方太幽僻。那一條道，正是匪人出沒之地。真有點懸心。那個地方又是山路，又是要路咽喉，樹木又多，容易窩藏匪人。兄弟你想，要押解囚車由那裡一過，前面若有人打搶囚車，後面再一堵截，賢弟，你到那個時候，可就進退兩難，受了包圍啦。你雖有擎天之能，也是首尾不能相顧；無法用武，豈不落在人家圈套之內。賢弟你想想我說得對不對呀。」

焦通海聽汪春這一片言辭，不由得一怔，遂哦了一聲，說道：「老哥哥，小弟的淺見，兄長您老所想的這個道理，比小弟高的太多。若是依您的主意，應當怎樣辦才好。」

汪春聽焦通海之言，笑嘻嘻捻著鬍鬚說道：「焦賢弟，此事我與你熟思已久，我早就想出主意來啦。你還得見見大人，請大人調本處的官兵一二百名，由本處守備帶領。你先帶著你四個徒弟、五十名快手，在前面押著囚車，經過野狐嶺。沒事便罷，若在前面遇事，我與楚廷志賢弟，帶著我徒弟劉華，捧著咨呈，帶領二百名官兵，與守備大老爺，隨後接應。哪怕他搶劫囚車？這是萬無一失之計，我們在遠遠的跟隨，匪人若要搶劫囚車，他看著前面人少，若用夾攻之計，我們趕到，豈不將他們困在垓心，大概連劫囚車的匪人，也難以脫逃，就勢當場拿獲，就在本處管轄的縣境內，討要車輛一併押往鄭州，又是一份好差事。再者用囚車押解李殿元，也不是事。再說這個事，也不是忙的，我這裡有張圖樣，按著這圖的樣式把囚車做出來，把李殿元裝在囚車之內，就把囚車放在那兒叫他們搶，他們也是束手無策。何況咱們在路途之上，嚴密保護，他們匪徒們要打算搶，勢比登天。也讓他們知道咱們弟兄的能為，到那時差使也就交代了，你在大人面前也露了臉啦，雖然咱們弟兄可是有交情，我不能不與你細心籌劃。賢弟你想想，是按著這個主意呀，還是按著你的個主意呢？」

焦通海把汪春的話，全都聽明白了，自己也是越想越怕，遂說道：「依著您這個主意，莫若我通盤與大人回稟明白，那麼這個囚車的圖樣，您拿出來我看看。」汪春說道：「你先稍微候一候。」說著話站起身形，伸手把桌子抽屜打開，由裡面拿出一張圖樣，轉身放在桌案之上，把圖樣打開。

焦通海、楚廷志，走到近前觀看，正當中畫著一輛囚車，就在囚車旁邊寫著字，四柱多寬，車的尺寸多大，怎樣製造，寫得清清楚楚。兩個人看著點頭，焦通海笑著說道：「難得兄長您怎麼想的，這個囚車若要按著這樣造成，沿路就是遇上匪人搶劫，它也是萬無一失，怎麼您想起這個主意呢。」汪春先笑嘻嘻的說道：「兄弟們還是少見，並非是我想的主意，這是按著古時的囚車，無非我是改造而已，你先把這張圖樣，呈與大人觀看，然後再定日起身。」焦通海說道：「哥哥，你在此等候，我先拿此圖回稟大人，就手動工，打造木籠囚車。」汪春說道：「那麼我就在此聽候。」焦通海拿起圖樣，奔往裡面書房，回話去了。

過了很大的工夫，就見簾子一啟，焦通海從外面進來，汪春迎著問道：「賢弟怎麼樣？」焦通海一面落座，一面與汪春談話，說道：「大哥，我到裡面去啦，大人已上內宅，原來是大人到裡面，照應著少爺盛殮，裡面太太痛子的心切，兩口子俱哭得像淚人一樣，裡面太太還跟大人鬧了一場，非教大人把李進拿住，替少爺報仇不可。方才大人下來，我又不好意思往上次，恐怕大人見怪。容大人把悲慘之際過去，我把哥哥您這個主意，與大人當面說明。大人很贊成，並親自告訴我，約請大哥隨同前往，並且大人請南陽府總鎮商議，調官兵與守備亦隨前往，必須等囚車造成了，再為起身。可得多等幾天。」汪春將話聽明，點頭說道：「那麼著你就傳喚木匠，按圖趕造木籠囚車。」焦通海說道：「兄長，這件事您交給我吧，您不用管啦，您與劉華收拾手下的兵刃，等候起身就是了。」汪春說道：

「那麼你急忙去辦好了。」大家將事議定，焦通海吩咐木匠、鐵匠，打造囚車兩輛。把囚車造成了，直費了七八天的工夫。焦通海這才約同眾人，與大人回稟明白，官兵預備齊全，命汪春帶著徒弟劉華，會同兩個守備，一名張祺，一名何輝，率領二百名官兵，在南陽府北門外集合。焦通海帶著四個徒弟，用提牌由監獄之內，將李殿元與書僮翰墨提出來，掐入囚車。這個囚車五尺見方，四圍四棵立柱，俱是五寸見方，高三尺，四圍作出就彷彿籠條一般模樣，皆是核桃粗細般的鐵條。四個車輪子，車輪都是鐵的，車軸還不是整根的，是兩截拼在當中，有三個透眼，上面穿著三個穿釘，穿好了穿釘，是一根整軸。若要遇見劫囚車的，把三個穿釘一撤，車輛往兩下一劈，車是不能動啦，人抬也抬不動。兩根車轅子是活的，頭裡用兩個牲口拉著，把犯人裝在囚車之內，裡面是一個椅子，令犯人坐在裡頭。這個囚車的蓋兒，是一面枷，兩隻手與脖子，用這面枷枷好，把項鎖順著這面枷穿下去，鎖在車軸之上。囚車裡有兩塊卡子板，把兩隻腳卡住，腳撤不出來，連上面枷帶下面的卡子板，俱都鬆大，四圍釘上氈子，怕把犯人脖子磨壞了。也不能把腿磨壞，要是長途遠路，真要把犯人磨壞了皮肉，押到鄭州，不好往上交代。再說他這是要緊的案子，道路之上，還不能叫他受屈。外面早有車伕預備了兩輛大車，拉著他們的行囊，並在李殿元家中搜出來的箱子，還有宏緣會來往的公文要件。焦通海帶著四個徒弟，把一切全都收拾齊備，這才令神手大將楚廷志先在北門外與汪春集合，楚廷志帶好自己的雙戟，把小包袱背在自己身上。焦通海帶著徒弟各帶兵刃，外面兩個班頭，帶著五十名快手，在衙前等候。看見囚車，由衙門裡頭出來，眾人在兩下里一分，跟隨囚車，一同起身。囚車由署衙順著大街，走鼓樓奔北門，這一走不要緊，驚動闔城的百姓。

眾人不敢近前，俱在兩邊站立觀看，暗地議論，有人議論的是李殿元為人忠正，和睦鄉里，親近四鄰，但是李殿元加入宏緣會，應該保守祕密，杜尊德，怎麼會得著了這個消息呢，把一位為國為民的紳士，當場捕獲，押往鄭州，一定性命難保，真可惜。也有在旁邊議論，可惜這樣的家庭，又是本地的鄉紳，又有財勢，入的哪門子宏緣會呢。現在各處嚴拿宏緣會，這一定是被人引誘的，這一入宏緣會，直落得家敗人亡，妻子離散，放著好好的日子不過，自找家敗人亡。他們哪裡曉得，李殿元因為不願見大好河山亡於異族之手，乃起而復明，為保全民族起見，別說是家敗人亡，就是粉身碎骨也不足為憾。這看熱鬧的還有這麼議論的，李殿元無事要造反，這不是自找倒運嗎？一個紳士，你還反得了，這不白白的把生命財產全都饒上了嗎？我要有這麼大的家當，我絕不造反，躺著吃也能夠吃幾輩子，何必呢，入宏緣會自己找死，偌大的家業白入了官啦，要把這份家業給了我多好。其實這小子是做夢未醒，天生來資格淺薄，他哪裡能夠深明大義，他哪裡知道，明朝錦繡的疆土，大好的民族，受人的壓迫。他哪裡知道李殿元深明大義，不顧家財，捨身就義，到如今只知有保全民族，光復前明，一死尚不足惜，何況是財產呢？

再說如狼似虎的差役，押解著兩輛囚車。囚車內坐定兩個血性的男兒，由大街，直奔關鄉，看熱鬧的人，還是人山人海。由此門經過十里坊，焦通海在頭前引路，遠遠望見樹林之內，站著三個人。一個是鐵算盤汪春，帶著徒弟劉華，後面的是神手大將楚廷志。樹林裡頭隱隱的軍隊。就見汪春衝著焦通海打手勢，是教囚車在前面走的樣式。焦通海也接著打了個手勢，作為沒看見。囚車由此經過，在路上趕站。沿路上打尖的時候，囚車一打住，焦通海命四個徒弟，解德山、解德海、時元、鄭英橋，擎著軍刃，帶著官人圍護著囚車。

焦通海買來吃食，命徒弟端著，往李殿元主僕嘴裡頭餵食。李殿元自己是個明白人，自知身被縲絏，押往鄭州，是絕無性命。見焦通海獻上酒飯，在囚車之內，就是一吃一喝，仍然是談笑自若。這就是一死不足惜，酒飯足安然。至於後面書僮翰墨，見主人慨然就義，他也就把死擲在九霄雲外。焦通海等候李殿元主僕吃喝完畢，然後他們大家輪流吃飯，打完了尖，往下站趕路。及至晚間，到了住店的時候，找大鎮店。開店的看見差役押著住店，開店的就怕囚車進了店，他們一見囚車就覺著頭疼。因為什麼呢？但凡開店遇見押著差使的住了店，什麼房子好，他住什麼房；什麼好吃，吃什麼。第二天早晨，人家都不起身，他們就起身，白吃白喝白住房，一個錢也不給，開店的還是不敢得罪，真惹不起。真所謂「官人下鄉，百姓遭殃」，這句話真說的不假。

店裡頭見他們囚車進店，就得認倒運，還得殷勤伺候，若不然稍有一點伺候不到，張口就罵，舉手就打，還得忍受。及至他們進了店，焦通海還是處處細心，先把囚車上的鎖開了，把差使起下來，趁著溜一溜，帶到廁所裡，教他們大小便，這個別名叫放茅。然後攙進上房，讓他們坐在炕上，內外屋門口，俱都派人把守。四個徒弟把犯人圍在當中，瞪著眼看著，手裡還拿著兵刃，然後這才預備飯，伺候犯人吃完了，喝完了水，他們才調換著吃飯。夜間輪流坐夜，真稱得起時刻防範。及至第二天起身的時候，焦通海先派人在前頭打探，前面沒有別的危險的地方，這才敢起身。行在大道之上，處處留神，後面還有汪春帶著官軍，在遠遠的瞭望。就這麼樣在路途上，早行晚宿，嚴加防範！好在還有一樣，李殿元在路上飲食住宿，倒不用焦通海操心，吃喝倒是自然，焦通海這一樣兒還放點心，真要是李殿元在路上不吃不喝，到店裡頭病倒，那可真得把焦通海急煞。這個差使比不了平常的差使，平常押解著犯人，說打就打，說罵就罵，要不然擠兌差犯的銀錢。這個差犯可不行，皆因李殿元，他的案情太重，事關重大，他是宏緣會的首領，國家的要犯，倘若在路上，一個飲食不調，道路上染病，真要鬧出點錯來，到了鄭州將軍署，無法交代。也難為焦通海這小子，押解起身，不但道路上留神，還是一點委屈也不敢給李殿元受。在道路之上，殷勤侍奉。

這一日已離方城山野狐嶺，約有一站之地，前面有個莊村，名叫楓柳村，他們就在這村裡住下啦。頂到夜晚事情全都辦完，他這才與四個徒弟，暗地計議，明天一起身，可就是野狐嶺，要按著起身的日限，可就走過野狐嶺去啦。皆因是汪春的計畫，等候打造囚車，一來方城山山路難行，囚車又走得慢，這一來不要緊，卻耽誤了途程。不怕別的，這個野狐嶺，我是知道的，道路最崎嶇，行人稀少，正是匪人出沒的所在，咱們幾個不得不小心。雖然後面有官兵接應，我們想個萬全之策。我打算與你們四個人商量商量，今夜晚三更時分，不論你們誰，先到野狐嶺探聽探聽，前面有沒有意外的動作，趕緊回來報信，咱們是四更起身，如果把野狐嶺度過去，咱們可就放了心啦。倘若野狐嶺這個地方，有意外的變動，咱們可就別走，知會後面的官兵，咱們再商議防範之策，你們哥四個，誰肯辛苦一超。閃電腿時元在旁邊答言，說道：「師父，那麼三更時分，我到野狐嶺探視一趟。」焦通海聞聽，說道：「很好，你的腿比他們還快一點，可是千萬要謹慎小心為妙。」時元說道：「不勞師父囑咐，您就在店內等候就是了。」他們師徒五個人，將主意拿定。三更時候，閃電腿時元，收拾俐落，手持齊眉棍，知會焦通海，叫店裡夥計把店門開開，這才由楓柳村，出東村口，直奔野狐嶺而來。

時元剛到野狐嶺相近，越看這個地勢越害怕。也兼著夜深之際，又是天如墨染，兩旁邊的山坡，林草迷離，山坡上黑暗暗樹木叢雜，愁雲濃濃，黑霧漫漫，似雨非雨，陰慘慘的天氣，道路上無人。腳底下坑坎不平，偶一失神，幾乎把自己栽倒。好容易低頭尋路，才來到野狐嶺山口。時元站在山口，往東北上觀看，當中是道，迷離不真，因無月色，又無星斗，怎麼能看得真呢。心中暗笑，師父如何這樣的膽小，此處雖險，哪裡會有匪人，莫若我回去報信，這個地方平平安安就走過去啦，我師父這真是多想啊。自己想到這裡，一轉身形，尋找舊路而回，趕到他來到楓柳村，天尚未到四鼓。來到店旁門首，上前叫門，店裡夥計將門開放，一看是時元，差役大老爺們，也沒敢問。時元進來，一看上房屋燈光明亮，自己來到上房門首，啟簾走進。此時焦通海，早就知會差役，叫他們大家收拾齊備，就等候時元回來好動身。這時就見簾兒一啟，時元由外邊進來，倒把焦通海嚇了一跳。遂問道：「時元，你去這趟怎麼樣？」時元傲然含笑，口中說道；「你老太細心啦，弟子前往野狐嶺，我看看沒有什麼動作，連個人影也沒有啊。可是你老細心是好啊。前面任什麼事也沒有的，就是道路不平，都是些個石塊，可就是黑點。咱們得多點幾盞燈籠。」焦通海含笑說道：「傻小子，只要平安過去，我就認為萬幸。還點燈籠？若要夜間一點燈，不是給賊人安眼嗎。你先休息休息。」焦通海回頭叫道：「英橋，你到外面知會他們，咱們起差，就此起身，你們可把兵刃預備手底下，別等著臨陣磨槍，總是要謹慎。」

鄭英橋答道：「師父您不囑咐，弟子知道了。」鄭英橋轉身出去，工夫不大，就聽外面人聲嘈雜，車輛馬匹的聲音，喧譁了一陣。就這麼個工夫，鄭英橋啟簾進來，說道：「啟稟老師，外面都預備妥當了，等師父起差了。」焦通海這才將自己鬼頭刀背在背後。劫江鬼解德山、矮腳鬼解德海，二人在身後背好虎尾三截棍；鄭英橋手提金背刀；時元手擎齊眉棍，跟隨焦通海奔了上屋，叫看差使的人們，起差使。大家聽了焦通海的吩咐，立刻七手八腳，將李殿元及書僮翰墨，由炕上攙下來。這主僕二人是手銬腳鐐項索纏身，身披罪衣罪裙，被惡狠狠的差役，連攙帶架，拉拉扯扯的，由屋中帶到院內。李殿元舉目一看，在院中兩旁站立的眾差役，一個個雄糾糾，手擎鐵尺，惡狠狠站立兩邊。正當中擺設著兩輛囚車，車伕持鞭，在旁邊站立，在前面暗慘慘點著兩盞燈，又兼著天如墨錠，對面看不清，店門此時已然開放。李殿元看著心中暗想，什麼叫做起解，什麼叫做地獄天堂，我李殿元今為光復大明，保全民族，今事犯押，看起來，兩旁邊眾差役情同惡鬼，在這淒風慘雨之下，深夜起程，何異人間地獄。李殿元，正站在院中發愕，那一般情同惡鬼的差役，早就向前伸手把李殿元主僕二人，掐入囚車。焦通海在旁看著，上下鐵鎖俱已收拾完畢，囚車馬匹備好，又叫過兩名差役，在耳邊低言耳語，說道：「你們二人千萬告訴他們起程，可別誤了事。」兩名差役，答應一聲是，轉身走出店房。抱頭獅子焦通海往下傳話，夥計們一同起身。趕車的車伕搖鞭，出離店門，順著大道，直奔野狐嶺而來。他們由此起身，可就苦了開店的啦，由昨夜白吃白喝白住店，還不敢得罪他們，等他們走了之後才長吁了一口氣。

焦通海師徒，帶領差役，押解囚車，由楓柳村起身。道路越走越不平，真是山路崎嶇，坑坎不平，天地黑暗，好容易走得東方將然發亮。焦通海吩咐將前面的燈光熄滅，定睛一看，前面正是野狐嶺的山口。焦通海吩咐夥計快走，千萬不可耽誤，此時天尚未發亮，正往前走，一陣陣的涼風，細雨兒紛飛。囚車正在前走，焦通海在後面一看下起雨來了，又一想，囚車正行在險要的所在，雖然是秋冷，沒有多大雨，倘若再下大點，囚車走的必要慢。這一慢可不好，要在前面有了意外的變動，這個事情可就不好辦啦。想到這裡，在後面高聲喊道：「夥計們，咱們的車輛趕緊往前走。」夥計們在前面答言，說道：「慢不了，您只管放心。」趕囚車的車伕搖著鞭，只顧往前趕路。焦通海帶著四個徒弟，只顧催著快走，正走到東邊樹林前面，猛然間就見東面樹林裡，躥出五條好漢。只有一人擋住去路，前面非是別人，正是那鄒雷、姚玉、陳寶光、孫啟華、李進，弟兄五人！

這弟兄五人，奉師父之命往野狐嶺等候囚車，由牛家屯起身，這時天氣正在似亮不亮的時候，又趕上深秋的景況。在淒風冷雨下，恰巧遇見囚車，只因孫啟華，看見囚車來到，心中又驚又喜。驚得是彼眾我寡，若要動起手來，勝負難定。喜的是，事太恰巧，適遇其時。錯非四鼓起身，不然就把囚車放過走了。自己這才與兄弟們商議，教他們不要猛撞，自己打算上前答話，他們若是講面子，把囚車留下，萬事皆休，倘若不肯，那時動手，也不為晚。這就叫先禮後兵。孫啟華這才手中亮劍，墊步擰腰，向前一躥，口中喊了一聲，說道：「呔，行人住腳，把囚車與我留下。」一面說，一面用目觀看。就見前面的差役，將囚車打盤圍住。由對面，走過五個人來，一字排開，站立面前。下首一人，身量不高，五短的身材，身穿一身藍布褲褂，腳下白襪撒鞋，青臉膛兩道棒槌眉，一雙圓眼，大鼻頭，火盆口，手擎一條齊眉木棍。上首，左邊站立一人，細條身材，身穿一身白布褲褂，足登白襪撒鞋，打著裹腿，白臉膛，兩道細眉，一雙小眼睛，小鷹鼻子，薄片嘴，兩耳無輪，手捧金背刀。正當中站著這三個人，俱都穿著一身青，左右兩個人，俱都生得凶眉惡目，每人擎一條虎尾三節棍。正當中這個人，長的甚為凶殘，手擎金背鬼頭刀。書中暗表，正是那抱頭獅子焦通海，挨著他的那兩個人，就是那劫江鬼解德山、矮腳鬼解德海。在上首站的，正是花刀鄭英橋，在下首站立的是閃電腿時元。孫啟華雖然看出這五個人的凶猛，他是一個也不認識。

孫啟華向前說道：「朋友們，別走啦，在下我有幾句話，同你們幾位，講在當面。囚車裡面，正是我們宏緣會會長，因下書人不慎，此事犯在贓官杜尊德的手內。我們本會得到了消息，特派我們弟兄，在此等候囚車。我們是奉總會的差遣，在此等候多時，你們雖是公事，我們也是差使。朋友你們若是講面子，將囚車留下，眾位轉身一走，可免傷和氣。如若不肯將囚車獻與我們弟兄面前，可別說我們哥幾個，不講交情，那時動起手來，可別說我們手下無情，你們幾位也白把性命饒上。我說對面的朋友，趕快答話，別讓我們哥幾個費事。」焦通海其實早就看見他們啦，先命馬步的二位班頭，帶著夥計們，把囚車保護住啦，這才吩咐，各擎兵刃，把前面擋住。見這五個人，雄糾糾各擎兵刃，為首的站在面前，對著自己，說了一遍場面的話。焦通海一看孫啟華年輕，只是五個人，也不敢大意，不知樹林裡還埋著多少人，暗示餘人休得妄動，他自己帶著四人，越眾上前向著孫啟華，一陣冷笑，手中擎刀，用刀尖向前一指，遂厲聲喊道：「對面賊人，好大膽量，你等竟敢在此攔住囚車，還要搶劫宏緣會的會匪李殿元，你們的膽量可真是不小；依我相勸，爾等即刻閃開道路，如若不然，你等可知到抱頭獅子焦通海掌中鬼頭刀的厲害。」孫啟華聞聽焦通海之言，一陣冷笑，口中說道：「焦通海，某家是良言相勸，鼠輩竟敢口出大言，趁早把囚車留下，尚有爾等一條生路。如若不然，哪一個前來首先納命。」焦通海聞聽孫啟華之言，不由得大吼一聲，向左右說道：「哪一個前去捉拿這個賊匪。」這句話尚未說完，一旁有人說道：「弟子願往，捉拿這個小輩。」隨著聲音，向前一躥。焦通海一看正是閃電腿時元，手擎木棍躥到對面賊人的面前。

此時閃電腿時元，來到敵人面前雙手把棍一橫，丁字步一站，這個架式名叫將軍橫下鐵門閂。衝著孫啟華大聲喊道：「呔，大膽賊人，竟敢目無國法，搶劫囚車，口出大言，還不受死等待何時。」孫啟華手中擎劍，微然冷笑，說道：「無名之輩，還敢與我動手。」孫啟華用劍尖向前一指說道：「待我先結果了他。」話言未住，旁邊大吼一聲，說道：「師弟靠後，待兄殺卻這個小輩。」隨著聲音向前一躥。孫啟華一看，正是師兄鄒雷，此時鄒雷墊步擰腰，躥到時元的面前，口中喊道：「小輩看刀。」左手向時元面前一晃，右手舉著鬼頭刀，向時元斜肩帶背就是一刀，時元見刀來至切近，往回一撤步，將棍一順，用右邊的棍頭，向鄒雷右手腕便打。鄒雷見棍已到，隨手往回撤刀，將刀一橫，順著時元的棍，將刀刃向上，一劃時元的右手腕。時元趕緊往回一撤棍，用棍一掛鄒雷的鬼頭刀，左手棍向前，直奔鄒雷的頭頂便砸，這一招名叫泰山壓頂。鄒雷隨即抽刀往回一撤身，用刀使了一個裡剪腕，一剁時元的左手，如果剁上，時元的棍可就撤了手啦。時元趕緊往回撤棍。

鄒雷刀的招數急快，遂往上一反手，鬼頭刀平著向上一挺，直奔時元的脖項。時元趕緊叉步，往下一矮身，用了個縮頸藏頭，這一招真險，刀順著時元的頭頂砍過去。時元雙手擎棍一轉身，用右手攢住了棍，往自己身後一掄，直奔鄒雷的左腿，這一招名叫掃蹚棍。鄒雷是手疾眼快，刀往回一撤，用了個夜戰八方的架式，見棍臨身切近，腳尖一碾勁，用了個張飛扁馬，身形往外一縱，一扁腿，順著時元的棍跳將過來。鄒雷心中暗想，這個賊，這條齊眉棍真夠厲害。見他棍使兩頭，雙手攢棍，使的是陰陽手，這個招數倒換得急快。鄒雷認得這招數的門路，他用的招數，名叫潑風八打棍，暗藏三十六招行者棒，錯非是鄒雷，要換個別人，早就敗在下風。對面時元，見鄒雷刀法精奇，也認得他的刀法，這招數是閃手刀的招數，用的是閃吹劈剁，剪鍘撩扎，刀法門路隨手亂轉。時元心中暗想，這個賊人這口刀，錯非是我這條棍，不然必喪在他的手中。這兩個人動手各自留神，分不出高低，論不出上下。

焦通海見自己徒弟時元，恐怕不是鄒雷的敵手，遂向左邊說道：「你們誰敢前去相助。」話言未了，旁邊一聲答言：「弟子願助師弟。」剛要向前助手，就聽面前一聲喊叫，說道：「小輩，爾等竟敢依仗人多勢眾，爾休要逃走，待我來結果你的性命。」解德山舉棍一看，心內暗中羡慕，此人長得美如少女，年紀不大，掌中擎著一口柳葉雁翎刀。解德山不容陳寶光動手，左右手捧著虎尾三節棍，兩邊一邊搭著一節，棍環子都是銅的。雖然是木頭的三節棍，這種木頭最堅固，三節均是黃檀木做成，拿在手中分外的沉重，若要打在頭上，就得腦漿迸裂。他衝著陳寶光，用左手棍一晃，右邊這一節掄起來向太陽穴便砸，這一棍名叫單貫耳，遂喊了一聲：「小輩看棍。」陳寶光見棍，來的甚猛，將刀一順用了個夜戰八方藏刀式的架子，見棍來至到切近，自己用刀向解德山手腕上一砍。解德山見刀來得甚快，急速向回撤右手棍，左手棍趁勢掄起來，向陳寶光右邊耳根便砸，這一招名叫十字插花。陳寶光見棍來得勢猛，遂將身往下一矮，棍順著頭頂過去。陳寶光趁勢一順刀，伏在地上，刀往回一撤，使了一個外纏頭，這一刀直奔解德山腿部便砍。

解德山見陳寶光刀臨腿部相近，他把棍往回一擄，陳寶光趕緊往回撤刀，一長身，用刀尖向解德山咽喉便刺。解德山見陳寶光的刀到，趕緊相還，這二人，也就殺在了一處，勝負難分，這邊小黃龍姚玉擎刀向前一躥，打算幫著師弟陳寶光動手，對面焦通海派解德海迎戰姚玉。這二人刀棍並舉，也就殺在一處，勝敗難分。焦通海自己擎刀，直奔孫啟華，口中喊著，說道：「小輩，我先把你結果性命。」孫啟華一見焦通海，不由得氣沖斗牛，遂說道：「小輩看劍。」說著話遂用了個舉火燒天式，這一劍，直奔焦通海頭頂便刺。焦通海用刀相迎，這二人也就打在了一處。此時只剩下花刀鄭英橋，見師父與賊人動手，難定勝負，各施絕藝，恨不能把賊人全數結果了，準知道賊人為救李殿元，俱都是宏緣會匪，自己想到這裡，莫若協助恩師，把這個使寶劍的先結果性命。手中擎刀，往前搶步，就在這個時候，就聽對面吶喊，說道：「賊人，你休要暗算，小太爺與你比個雌雄。」鄭英橋舉目一看，來的這個孩子，歲數不大，身上一身藍布褲褂，紗包紮腰，腳下撒鞋白襪，打著裹腿，藍布巾包頭，一雙手擎著一把匕首尖刀。鄭英橋細看，敢情是這小子，原來是南陽府署衙內勒死了少爺，逃走的李進。

那鄭英橋見是李進，心中暗想，這劫囚車的一定也是他勾來的，真要把他拿住，可是件好差使。想到這裡高聲叫道：「把你這棄凶逃走的李進，還不束手就綁等待何時。你將少爺勒死，就應當遠遠脫逃，爾今日反倒前來送死，今天你還想跑嗎，待我將你拿住。」話言未了，話到人到聲音到，嗖的一聲，鄭英橋向前一躥，縱至李進面前，摟頭蓋頂就是一刀。李進看見賊人兩隻眼睛都紅了，恨不能將賊人全數結果性命，打救主人李殿元，早脫危難。見鄭英橋的刀臨自己頭頂相近，隨將身形向左邊一閃，用右手匕首刀，向鄭英橋脅下便捌，鄭英橋心說這小子好快。遂將刀往回一抽，用了一個摟膝護脅。李進將匕首刀撤回，左手使的匕首刀，跟著向右一轉，直奔鄭英橋的胸膛，鄭英橋將刀一反手，跟著向前一上步，將刀一推，夠奔李進的脖項便剁。李進忙一伏身，鄭英橋的刀，順著頭頂過去啦，李進換式進招，這二人是仇殺惡戰。此時兩個班頭，帶著五十名快手，保護著囚車，最難過的就是那囚車之內的李殿元，早看見李進率眾到此，搶劫囚車，最可恨的是焦通海帶著四個徒弟，竭力的抵抗。這五位英雄，與焦通海師徒五個人戰在一處，真是刀光閃閃，三節棍環子的聲音，又兼著那無情的老天，把天陰得如同墨色，趁著四外的青山，滿目秋日的百草，含雨帶露，溼滿了路旁，兩旁邊的樹木叢雜，愁雲密布，陰慘慘細雨紛飛，在這大道之上，拚死仇殺。就見那義僕李進，小小的年紀，我在平時傳習他些武器，不料想，今日捨命前來救我，但願上蒼見憐，早把焦通海師徒五人結果，成全李進，為他的一片忠心。李殿元正在觀看之際，就見前面仇殺惡戰，誰也不肯相容。孫、鄒五人是拚命惡戰，焦通海師徒方面人雖多，無奈不知敵人有多少，也絕不敢教他們離開囚車一步，一面擔心，一面爭戰，又盼著後援速來，心懸兩地，手腳未免遲慢，就在這個時候，焦通海師徒五人，堪堪敵不過這五位小英雄，眼看得焦通海且戰且退，堪可不敵，李殿元暗中禱告上蒼：「但願這五位小英雄，當時成功，殺卻焦通海等輩，暫解我一時之恨。」

這時勝負已分，那閃電腿時元，棍法雖精，怎敵得了鄒雷猛勇，這口刀上下翻飛，時元的右手棍抖開了向鄒雷頭頂便砸，鄒雷見棍來得切近，將刀一順，向右邊一上步，將棍躲過去，反手趁勢用刀背往下一砸，時元用棍往回一掛，向右邊一轉身，稍為一慢，鄒雷是手急腿快，趁自己往回撤刀之際，一反手，此時時元的右腿，未能抽回，這一刀反背一砸，刀尖正劃在時元的右腿之上。時元喊聲不好，抽棍往圈外一跳，好在傷痕不重，當時鮮血直流。鄒雷趁勢追趕，時元無奈，咬牙忍疼，與鄒雷招架。就在這個時候，就聽那邊哎喲了一聲，時元用目斜視，原來是解德山帶傷。解德山虎尾三節棍，與陳寶光戰了多時，陳寶光這一口刀，真是神出鬼入。解德山的三節棍上下翻飛，雖然是棍招熟練，怎奈陳寶光，少年英勇，又兼著刀法精奇。陳寶光的刀向解德山的頭上一剁，解德山掄三節棍由下面往上一撩陳寶光的刀。陳寶光的招數是虛虛實實，這刀看著是實招，其實是虛招。解德山用棍往上一撩，來勢甚猛，陳寶光遂扭身，往後撤步，刀隨著往回撤，一轉身，手中刀往後一掃，這一招名叫做退步撩陰刀。只因解德山用力過猛，手中可就露了空，再往回撤棍，可就撤不回來啦。陳寶光的刀，直奔自己小腹，真要是掃上，肚腹皆崩。解德山一著急，身形向左一斜，雖然躲過小腹，可是大腿上，就著了刀啦。刀尖入肉，約有一寸有餘，哎呀一聲，撤棍往圈外一跳。陳寶光豈肯相容，將身一轉，用了個夜戰八方藏刀式的架式，高聲吶喊：

「小輩休想脫逃，將首級留下。」此時解德山，腿部疼痛，見陳寶光躥過來就是一刀，斜肩帶背的劈來。自己只得忍著痛，用棍招架。這時對面鄭英橋，也帶傷敗走。鄭英橋他的外號稱為花刀。今天可遇見對手了，鄭英橋與李進要凶殺惡戰，正趕上孫啟華提劍轉身，兩個撞了個滿懷。鄭英橋這才擺刀向孫啟華頭頂便砍。孫啟華見刀來到切近，向前一邁右步，用掌中劍斜著直奔鄭英橋的右手腕。鄭英橋的刀可就不敢往下砍了，恐怕自己手腕子受傷。急忙往回一撤，只顧往回撤刀，他焉知道孫啟華的劍術高強。雖然未挑著鄭英橋的手腕，順著勁一反手，寶劍一平，使了個順水推舟的招數，直奔鄭英橋的脖項。鄭英橋是閃躲不及，只得將身往下一矮，用了個縮頸藏頭法，雖然把首級保住了，孫啟華的劍尖，正挑在鄭英橋罩頭的絹帕上，劍尖在鄭英橋頭上劃了一道，雖然是微傷皮肉，血可就流下來了。鄭英橋吃了一驚，不敢再戰，遂撤刀向圈外一跳，孫啟華哪能讓他逃走，捧劍由後面追來。焦通海正與李進交鋒，猛然見鄭英橋帶傷，只得拋卻李進，手提鬼頭刀，擋住孫啟華。孫啟華是一語不發，心中暗地歡喜。押囚車五個為首的，倒有三個帶傷，這個囚車就在掌握之中，伸手可得，再把這個為首的賊人，結果性命，去一心腹之患。遂照著焦通海胸膛，舉劍便刺。焦通海見寶劍臨近，遂將身向右一閃，用鬼頭刀衝著孫啟華手腕便砍，孫啟華見刀來的甚急，左手一推自己的右臂，身形向右一閃，寶劍的劍鋒，直奔焦通海的右脅下刺來，孫啟華此時動手，是心中坦然，明知道物在必得，不覺得意，一招比一招緊，一招比一招快，真是劍劍狠毒而快，直奔焦通海殺來。

唯有焦通海心中著急，一面動手，一面心中暗想，我奉南陽府杜大人重任之托，押解要犯李殿元，老哥哥汪春說過，野狐嶺這個地方危險，真有這等事。匪人在此，果然打搶囚車，我師徒五人，三個帶傷，只剩我師生二人，豈能抵擋這五條猛虎似的賊人。心中一想後面的接應，因何不到，倘若來遲，差使如果丟失，如何交卸重責。焦通海一面動手，一面看著荒山野草，風聲甚急，這成全人的老天，這小雨怎麼反倒下緊了呢。倘若腳下一滑，更不好用武了。自己心急，未免掌中的刀，招數可就顯出遲慢。孫啟華一看焦通海的刀，心內說，招數要慢，老夥計你要想逃走，恐不可能。想到這裡，衝著焦通海遞兵刃，一招緊似一招，一招快似一招，恨不得一劍將焦通海劈為兩段，方才稱心。這一場仇敵惡戰，真是難解難分，唯有李殿元，身在囚車之內，雖然官人擋著，看不甚清，卻也看出官人要敗，一面看著他們動手，一面思想著焦通海害人先害己，彼只知貪功要賞，不顧大義，陷害我李殿元，實指望將我主僕二人押往鄭州，邀功受賞，爾等怎麼也沒想到我宏緣會血性的男兒，不怕死的英雄，在此等候，就像如此的動手，必將焦通海等輩，送入幽冥之路。想到這裡，自己唉了一聲，遂說道：「人見利而不見害，魚見食而不見鉤。」自己打著唉聲，用目一看，唯有押囚車的二位班頭，五十名快手，人家是久慣辦案，剛才前面一劫囚車，彼此都嚇了一跳，今見焦通海師徒五人，難以抵抗，堪可不保，二位頭目就知道要糟，暗著知會夥計們，預備好了，保護囚車，焦通海正然力不能敵，心中著急之際，孫啟華心中暗喜，若不趁著此時下手，等待何時呢。孫啟華便高聲喊道：「弟兄們，馬前著點，把柴把點，結果性命。」這是什麼話呢？孫啟華吊的是江湖的坎兒，吊坎就是江湖黑話，向眾弟兄們說馬前著點，就是叫弟兄們快當著點；把柴把點，結果性命，柴把點就是辦案的官人。孫啟華這麼一喊，鄒雷、姚玉、陳寶光、李進等聞聽，一個個抖精神，一齊向前用力加攻。焦通海一看，事情不好，師徒五個人且戰且退，正在危急之際，猛然間就聽一陣吶喊，順著東西兩邊的樹林內，轉出無數的官軍，把一干人眾，圈在當中。

官人援軍趕到。焦通海一見不由精神增長，氣力倍加，孫啟華此時，也就看見啦。為首的這個人手捧一對畫桿方天戟，旁邊站著一個年老的，形容枯瘦，手中捧著一口雁翎刀。下首站著一個尖嘴猴腮的小子，手裡頭提著一口樸刀。帶隊的，一邊一名守備，手下的官軍，一個個刀槍利刃，寒光閃閃。順左右向前一抄，把五個小英雄圈在當中。此時焦通海，可就放了心啦。為首使戟的，非是誰人，正是神手楚廷志。使雁翎刀的白鬍鬚老人，是鐵算盤汪春。尖嘴猴腮使樸刀的，正是汪春的徒弟，快手劉華。在外還有兩名守備，一個叫張祺，一個叫何輝。只因前次汪春與焦通海所定的計劃，由南陽府集合，汪春打手勢，看著焦通海帶著徒弟，並由馬步的二位班頭，帶著五十名快手，眼看著焦通海等，押送囚車前走，他們後面保護。

前後相隔總在一二里地遠近。他們等著焦通海下店動身之後，又停了一會，便也動身啟程，請二位守備老爺調齊了官兵，又囑咐眾人預備好了，帶著官兵出離店房，順著村內的大街向正東而來。此時天也就是五更已過。頭裡隊伍，打著號燈，在頭前引路。出離了楓柳村，向東走，越走天越亮，正走之間，汪春忽覺著方城山危險，自己心神不安，便先派劉華騎馬先去看看前面的囚車，劉華依言催馬而行。走了一會，汪春忽覺著雨點飛在面部，自己在馬上抬頭一看，濃雲滿天，西北風大吼，吹的道邊小樹來回亂晃，汪春一看這個雨恐怕下大了，遂在馬上與楚廷志說道：「楚賢弟，你看老天爺多麼不湊巧，單趕上今天下雨。真是越怕什麼，越有什麼。這個地方要是下大了，還真是沒有地方避雨，咱們不能耽誤，還得往前趕，看起來當這份差使夠多麼難。」楚廷志在馬上含笑說道：「汪大爺，你這個鐵算盤，全都算得好，這個下雨，你怎麼就沒算出來呢。」

汪春聽著楚廷志之言，忙說道：「這個你可不對，你別與老哥開玩笑，倘若能算出來，我也就不受這個罪啦。」說完了，大家彼此就是一笑。就在這個工夫，就見前面蹄聲踏踏跑來一人。汪春一看，就是一怔，此人正是三隻手劉華，汪春一看見劉華變色，趕緊問道：「前面野狐嶺的事怎麼樣？」楚廷志在前面也看見了，就見劉華跑的喘吁吁的向汪春說道：「果然不出師父所料，小徒前去打探野狐嶺，尚未到達，就見囚車停住，前面有人正在劫車，我焦二叔已經跟賊人動上手了。小子不敢少停，趕緊回來報信，請老師定奪。」劉華把話說完了。旁邊眾人，聽著一怔。汪春回頭向楚廷志眾人說道：「賢弟，你聽見了沒有，剛才你還說，哥哥的鐵算盤不好。你看怎麼樣，頭裡有事了吧。看起來哥哥這個算盤不錯吧！」

楚廷志聞聽說道：「哥哥，應該怎麼辦呢？」汪春說道：「兄弟你先別忙。」回頭又向劉華問道：「劉華，你既前去探信，賊人多寡，賊人可曾帶了多少賊兵。」劉華忙答道：「前面賊人不多，大約就只五六個人。可是來得甚猛，我焦二叔，正與賊人動手，小子未敢耽誤，急忙返回。」汪春聽了點點頭，遂向楚廷志說道：「賢弟，這個事情也不用我細算，焦二弟細心，先命時元打探野狐嶺，前面沒有危險的動作，焦二弟才押著囚車前往，到了野狐嶺，可就遇上了。若據我想，這些賊人，在此搶劫囚車，他絕不是早有預備，若是早有預備，時元不至於探聽不出來。這些賊人，不是今天在此巧遇囚車，必是早在店內等候，天天在野狐嶺瞭望。若是早有預備，他必要多帶手下人，至少也得有個百八十名。據我想，他們一定是巧遇。焦二弟這幾個徒弟，能為倒是不錯，若真遇見能人，這幾個徒弟，可是有點不行。他們這幾個的能為，可都在我心裡裝著，咱們若不是在後面預備，這個囚車還是非丟不可。」楚廷志聞聽汪春之言，遂說道：「依著老哥您的意見應該怎麼辦呢？」汪春說道：「你先別忙，我先把我這鐵算盤打一打。」說著話仰面一想，不一刻說道：「有啦，準要是幾個人在前面行劫，這個主意，管保叫他們一個跑不了。他們後面若是有的接應，那可沒有法子，那只好把囚車給了他們，咱們逃走。不然也得白白饒上。我出這個主意，教官兵不要聲張，多預備撓鉤套索，叫劉華帶著張祺，順著右邊繞至囚車側面，擋住賊人的歸路。咱們哥倆同著何輝，也多預備撓鉤，順著左邊抄到前面，把賊人圍住，叫小子們插翅難飛，一同擒住，押往鄭州，也不枉你我弟兄在大人的面前告了奮勇，拿住賊人，也算你我的功勞。事已至此，不能不這麼辦。動手的時節，是一齊向前，得力可就在撓鉤手的身上。只要搭住了一個，那幾個也跑不了。賢弟你想這個主意怎麼樣？」

楚廷志聞聽，說道：「兄長之言甚是，事已至此，咱們就得這麼樣辦。」

大家商議已定，催隊前行，此時天已亮了，前面也把燈籠熄滅。正往前走，就見前面兵丁回稟說道，前面已來到野狐嶺的山口。汪春向前一看，兩邊山勢險要，道路不平，路旁的山石堆疊，渾身上下的衣襟被雨打透，衣服都單薄，冷得周身寒涼，又想著在這濃雲密雨之下，前面又設伏著殺人的戰場。汪春在淒涼風雨之下，心中暗想，我汪春年過花甲，又趕上這麼一種險惡的廝殺。想到此處，把心一橫，只可調動官兵向前動手。遂向前面兵丁說道：「你們閃在一旁，聽我調動。」遂向楚廷志說道：「楚賢弟，你帶隊在後接應。劉華你同張老爺帶隊依計而行，千萬不可錯誤。」自己忙下馬，各打開包袱，亮出兵刃，眾人俱都收拾齊畢，分兩路而行。汪春劉華，各分一百名官兵，暗進野狐嶺山口，往兩下一分。汪春帶著官兵，順著左邊往前抄來。一面走著，一面用目觀看，就見遠遠的大道上，好像動手的一般。汪春這時自己想著主意，臨到囚車的左面，楚廷志他也跟著來到前面。汪春一打呼哨，命兵卒一齊吶喊，向前面一抄，把群雄困在當中。

此時孫啟華等，見囚車的後面，有接應的官兵到此，並將自己的歸路擋住。此時孫啟華等眾人，遂高聲喊道：「弟兄們，大家一齊努力，把這群害民的官兵，一個可別叫他們走了，俱都把他們，結果性命。」說著話首先仗劍，向前衝闖。這時候焦通海正在危急之際，四個徒弟，倒有幾個帶傷的，堪堪囚車不保，徒弟們性命難逃。在危急萬狀之時，後面官兵趕到，當時把精神又振作了起來，遂高聲吶喊：「你等大家努力，休要放走劫囚車的賊人。」這一聲吶喊，後面五十名快手、兩個班領，也幫助吶喊。此時野狐嶺就成了殺人的戰場啦。兩個守備，張祺、何輝，帶領著二百名官兵往上一圍，各擎軍刃，喊道：「別叫劫囚車的逃走了。」刀槍亂晃，鄒雷手中擎刀，見官兵手持長槍，堪可臨近，扭身向右一閃，刀順著槍桿進去，官兵想要脫逃，那焉能來得急。這一刀斜肩帶背，將官兵劈死在地。將要往前殺，就聽後面金刃劈風的聲音。鄒雷一轉身，使了個鷂子翻身，將後面暗算自己的官兵，連人帶刀劈為兩段。

官軍往後倒退，復又往上一圍。鄒雷見官兵槍刀亂戳，鄒雷這口金背鬼頭刀，就彷佛是瘋了的一般，殺的官兵死屍橫臥，血流道旁。這哥五個，不亞如生龍活虎。神手楚廷志，在後面督隊，見鄒雷驍勇無敵，官軍難以進前，自己手捧一對方天畫戟，一聲怪叫，遂喊道：「爾等閃開，待我捉拿這個小輩。」官軍往左右一閃，楚廷志正與鄒雷衝個滿懷。鄒雷見前面闖進一人，手擎一對畫桿方天戟，鄒雷並不答言，向前就是一刀。楚廷志見刀臨切近，左手戟，往上一穿，遂向右一邁步，左手又往回一撤，此時鄒雷刀可就落了空啦。楚廷志趁著他的落空，左手戟像月牙峨嵋針，正捋在鄒雷的鬼頭刀上，右手戟一掄月牙子，直奔鄒雷的脖項，鄒雷的刀是撤不回來，被楚廷志戟上的月牙子咬住，只可撒手。向後一撤步，打算轉身逃走，雖然躲過楚廷志的方天戟，未提防後面的撓鉤手一齊向前，密密麻麻，將鄒雷衣襟鉤住，鄒雷此時想逃萬難，撓鉤齊上，將鄒雷搭倒在地。

孫啟華在遠遠的看見鄒雷被擒，被官人按在地上捆綁。自己已知道不好，有心向前解救，怎奈官兵勢大人多，再若戰久，又恐被官軍捉拿，莫若暫且率眾人逃走，再設法搭救鄒雷。就在這個時候，孫啟華抖丹田一聲吶喊：「弟兄們休要動手，隨我來。」一面喊著，一面奮殺。李進、陳寶光，與孫啟華三人抱在一處，分三面敵住官軍，一面動手，一面向東南退去。就把那個小黃龍姚玉，落在後面。姚玉打算向東南逃走，與孫啟華合在一處，這官兵如何肯容，四面包圍，死也不放。姚玉正在不能逃脫之時，迎面來了一人，正是神手楚廷志。姚玉一看急忙擺刀，向對面來人，嗖的一聲就是一刀。楚廷志一閃身，雙戟往上一支。姚玉往回撤刀，想要逃走，未防備由後面來了一人，向姚玉腿上一棍，打了個正著，姚玉身形向前一栽，趴伏在地。此時官兵向前，一齊動手，遂將姚玉，當場捕獲。楚廷志威嚇聲音說道：「焦二弟帶著徒弟保護囚車，待我捉拿逃走的三個小輩。」楚廷志將話說完，舉目一看，孫啟華、陳寶光、李進三人，已經殺出重圍，向東南逃下去了。

第六章　怪龍嶺高僧賜寶

楚廷志雖看著他們三個人逃走，有意要追，自己又害怕，如若追趕，野狐嶺地勢危險，倘若再有別的意外，這個事可就不好辦了，只可回頭。這時汪春正派人將姚玉、鄒雷，捆綁著推推擁擁，官兵各擎刀槍威嚇，就見汪春站在他二人面前，指手劃腳，因為離著遠，又兼著人多聲音眾，所以聽不清說的什麼。自己只得倒提著畫桿方天戟，向人群而來。臨到切近，就見這兩個人，橫眉立目，楚廷志向前叫道：「汪大哥你先別問這兩個人，那逃走了的，咱們還是追，還是搜查呢？」

汪春聽楚廷志之言，遂說道：「楚賢弟，你先別忙，你只顧與賊人動手，你還沒看見呢，焦二弟的徒弟好幾個帶傷，這一干人還真是厲害，錯非你我弟兄趕到，這個囚車非讓他們搶了去不可。兄弟你先別忙，官兵還有好幾十名受傷的，咱們此時先辦理這個善後的事情。」楚廷志聽了汪春之言，遂說道：「大哥，你打算怎麼辦呢？」汪春說道：

「要依著我的辦法，拿住這兩個賊人也不用問，這個時候也沒工夫問他們，把他們捆好了，咱們後頭不是有兩輛大車嗎？把兩個賊人放在車上，請張棋、何輝，帶著二十名官兵，到前面村莊，找村長，跟他們要人預備繩扛笸籮，把受傷的官兵，搭在屯內將養，然後再請治外科的先生治傷。我回頭派劉華奔東南追趕逃走的三匪，隨後綴著他們，可千萬別抓，倒看他們窩巢在哪裡，讓他回來報信，咱們再設法。因為野狐嶺這個地方危險，倘若要有賊人前來劫搶，那可就不好辦啦。我想帶著五十名快手，所有的官軍，與兩名班頭，押著囚車早離開這個險地。咱們趕到葉縣再跟縣裡頭掛號，教本縣裡頭預備刑具，派官人預備大車，協同保護囚車，再押解鄭州。張、何二位，讓他們在後頭慢慢的辦理，咱們是先走的為是。」

汪春將話說完，衝著張、何二位說道：「你們看著怎麼樣？」何輝、張祺二人在旁邊早就聽明白啦，又見汪春調度有方，只得在旁答道：「汪老既然如此分派，咱們就那麼辦。你老到鄭州，千萬等候著我們，這事求您千萬別把我們哥兒倆忘了。」汪春跟著說道：「哪裡能夠呢，咱們在鄭州會齊就是了。」

汪春等人，把主意商定，遂吩咐官軍，將拿住的姚玉、鄒雷按倒，四馬攢蹄式捆好，搭在車上。焦通海命受傷的三個徒弟，解德山、鄭英橋、時元等人在傷口上，敷好了金創鐵扇散，叫他們在車上看守那兩個被擒的賊人，把兵刃預備在手下。然後叫徒弟矮腳鬼解德海攜帶著兵刃，帶著官兵在那左右樹林裡面，搜查搜查，有無賊人的餘黨。解德海答應一聲便帶著官兵搜查去了。

焦通海然後吩咐官軍，將那地上所拋棄的兵刃俱都拾起，放在後面大車之上，一面叫官軍整隊，一面與汪春商議就此起身。正在這個工夫，就見解德海帶著官軍，後面牽著四騎馬，來到面前。解德海向焦通海說道：「弟子奉命搜查，並無賊蹤。只有四匹馬，上面俱繫著小包袱，大概必是賊人遺棄下的，聽師父的諭下。」牡春在旁，跟著說道：「你看那包裹裡面可有公函書信嗎？」解德海隨即說道：「弟子已經查驗過了，裡面只有隨身的衣服，與散碎的銀兩，並無別的東西。」汪春聞聽了點頭說道：「那倒無關緊要，把馬匹繫在車後。」汪春看事俱都辦完，又看了看張祺、何輝帶了二十名官軍，往道旁攙扶受傷的官軍，並有當場喪命的。那受傷官兵，周身血跡模糊，哼咳之聲，慘不忍聞。遂回頭看見自己徒弟三隻手劉華在那旁站立。

汪春前向劉華點手，劉華一見，趕緊走至近前，說道：「老師有何事分派？」汪春向劉華說道：「剛才我交派的話，大概你也聽見啦，沒有別的，你辛苦這一趟吧。三個賊人向東南逃下去了，你在後面跟蹤涉跡，看準賊人的巢窩，不可打草驚蛇，探準賊人扎足的所在，直奔鄭州報告，我們在鄭州聽你的回信，你可要小心留神。」劉華說道：「老師差遣，弟子謹遵師命。」

劉華將話說完，汪春看著他奔了東南，追趕三個賊人去了。

汪春這種調遣，真是老謀深算。汪春站在那裡揚揚得意，只顧他在這裡心滿意足，他哪裡知道在囚車之內的主僕二人。

剛才李殿元在囚車之內，看見李進帶著四位小英雄，如生龍活虎一般，只殺得焦通海的徒弟三個帶傷，只剩下焦通海與解德海師生二人，難以迎敵，堪可落敗。若要戰敗焦通海，五位小英雄，必當砸毀囚車，救我主僕二人早脫縲紲。李殿元看至此處，頓覺心中一喜，不啻重睹天日。不料汪春、楚廷志帶領官軍趕到，將五位小英雄包圍，那倆英雄當場被獲。這一來不要緊，嘆壞囚車內披枷帶鎖的、恢復前明設立宏緣會的首領李殿元，見二位小英雄被獲遭擒，想二位小英雄不能救我，反倒被擒，被押到鄭州，也難以有命，事不能成，怎奈天不遂人願。

幸而李進同那二位小英雄，得脫虎口。救自己的那幾位少年英雄，我連姓字也不曉得。這二位小英雄也隨我身入樊籠。自己想到這裡愁腸萬轉，心若刀割，正在思想之際，猛聽得前面喊叫，抬頭一看，就見兩旁，眾官軍刀槍齊擺，眾差役面目猙獰，一齊吶喊「起差」二個字，不知不覺囚車往前行走。李殿元在囚車內往道旁一看，鮮血滿地，那受傷的官軍倒臥道旁，呻吟呼喚；並有那斷頭折臂的死屍，橫倒豎臥，慘不忍睹。

不提李殿元囚車向前行走，再說那逃走的三位小英雄，奉師命前來打劫囚車，事未成反而折了兩條膀臂，難見恩師。含羞帶愧，悲憤交集，恨蒼天不稱人願。那位小英雄孫啟華，領著年幼的師弟陳寶光，與那不怕死的年幼師弟李進，殺開血路，脫離了重圍，落荒而走。一面走，一面回頭望著，幸好，後面官軍未能追趕。弟兄們不敢順著大道脫逃，只得順著小路穿林越嶺，向東南而走。此時正值秋景，又兼著愁雲密布，淒風冷雨，三位小英雄在仇殺惡戰之際，只累得遍體生津，哪裡顧得了冷雨寒風。今脫重圍，又行在山僻之處，滿腹愁腸；孫啟華怎禁得這一種冷雨淒風。不由得回頭看了一看，在李進面上發現一種悲慘形容。

孫啟華看了，不由得心中一陣難過。只得壯著精神說道：「二位賢弟，你我弟兄雖然事已如此，總算是我孫啟華一時的痴愚，誤中了賊人的奸計。鄒雷、姚玉二位師兄，又被擒獲，今總算畫虎不成。可是謀事在人，成事在天，雖受恩師之重託，怎奈你我寡不敵眾，又將奈何。」孫啟華說到此處，止住了腳步，轉身復又說道：「有負恩師重任，實難與恩師見面。本欲橫劍自刎，奈因二位賢弟將何以歸，今愚兄轉留無用之身，令恩師傷心。我打算與二位賢弟相商，你我將兵刃暫為解下，尋山中小路找一個棲身之所，再問明道路，不知二位賢弟意下如何。」

李進未及答言，就見陳寶光站在對面冷笑，向孫啟華說道：「師兄何出此言，自古及今，成敗難定，雖然你我弟兄一時失算，誤中賊人奸計，未劫成囚車，反倒折了你我的膀臂，總算你我弟兄逃出賊人的羅網，大丈夫既有三寸氣在，何以為憂？就按師兄您所說的話，我們急忙尋找棲身之所，再作商議，何必作此為難之態。師兄您難道忘了，事到臨頭須放膽。再者說今日之事，你我弟兄未能得手，若要得手，焉有這群鼠輩的性命？這總算是不該事成，勝者何榮，敗者何辱。咱們行在深山，就是說話也得留神，倘若後面有人跟下來，把咱們這話聽了去，豈不是反為不美。師兄難道說就忘啦，君子防未然，依我之見，咱們就往下尋路，找相當的所在投宿，明天再起程。雖然有這麼點小雨，似乎你我這條漢子也不要緊，何必您發出這種悲慘之詞，叫小弟聽著不入耳，咱們可是走哇。」

說著話，陳寶光把刀鞘由身上解下來，將刀插入鞘內。

孫啟華聽陳寶光說的這些話，復又把精神壯了起來，說道：「賢弟之言甚是，為兄一時痴愚，反不如你。」一面說著話，一面將劍匣由身背後解下來，將寶劍插入鞘內，懸於脅下。遂順著山道，直奔了正南的山嶺。

眾人穿過山嶺，孫啟華止住腳步，向東面一看，一片黑暗的松林，在正南重疊的亂山。扭頭往西觀看，遠山在目，山坡下一條小道，直奔了正西的山道。孫啟華在前，陳寶光、李進隨在後面，此時李進早就把匕首尖刀藏在衣襟底下。孫啟華順著山坡下來，來在小道，回頭向陳寶光說道：「此地愚兄實在道路不熟，你們弟兄倆哪一位認識這條道路？」陳寶光看著孫啟華搖頭，將要開言。李進在旁邊說道：「少鏢頭您要問這條道，我可是實在沒走過，您看東面樹木叢雜，恐怕沒有大道。此時天可又不早啦，又趕上陰天，天更黑的早，倘若再迷了路途，咱們可就不好辦啦。若是依著小人之見，咱們還是往正西走的對，不怕多繞幾里，那倒沒什麼，只要找著相當的住處，再打聽道路，咱們可就不怕啦。我記得由南陽到宜昌，是斜著一直奔正南。走山路，總得繞道，沒有一直的道路。」孫啟華聽了李進之言，說道：「那麼咱們還是往正西走的對。」陳寶光在旁答道：「兄長，事已至此，咱們就奔正西，何必猶豫呢？」

孫啟華聞聽只得點頭，先往四外望瞭望，看看是否有人暗中跟著，這才領頭邁開大步，順著小道，向正西走下來了。走了約在二里之遙，這個天就漸漸的黑了。看了看天，雨卻停住了，滿天的黑雲已散，看前面一片松林，這三人穿過松林。

這時天已經黑啦，到掌燈的時分了。在東閃出一輪的明月，照耀得滿天浮雲亂走，星月之光，被浮雲所遮，行隱行現。往四外觀看，山嵐瘴氣，遍滿山坡，一陣陣西北風，吹得身上遍體發涼。孫啟華一面看著山谷中淒涼的秋景，一面急忙趕路。三人行走，藉著濛濛的月色，一看正西有一座矮山坡，遠遠看著山坡上隱隱好像有民房一般。孫啟華遂向李進說道：

「李老弟，你看，那山坡上可有民房，現在天色已晚，不如你我到那裡暫為投宿，就便問路，賢弟你想如何。」此時李進身上衣服本來單薄，又兼著夜間清冷，再加上拚殺了半日，早就身體勞頓不堪，恨不能尋找一個下榻所在。遂接著說道：「既是這樣也倒好，莫若咱們到那裡看看。」三人議定，便順著小路奔了山坡而來。

臨到山坡之下，就見上面有一條小路。順著小道，來到坡上一看，前面有幾棵古柏，直入雲霄。此時正是月明如畫，藉著月色一看，前面的房間，並不是住宅，乃是一座失修的古廟。孫啟華等來在山門之下，舉目一看，當中的山門，兩邊的角門，有口無門，四外矮牆破亂不堪；裡面，東西配殿已然坍塌，當中正殿也是破壞不齊。並沒有門窗，看這個樣式，恐怕沒有主持的僧人。弟兄們看著這冷落的廟宇，孫啟華向陳寶光說道：「賢弟，咱們既來到此處，咱們就到裡面看看，裡面若有主持的僧人更好，若沒有僧人，咱們就在這大殿棲身，也免得露宿，可不知這個廟叫什麼名字。」說著仰面往山門上一看，上面有一塊匾，字跡模糊，細看才看出，上面寫的是「敕建白骨寺」。孫啟華看罷，邁步進了山門。李進、陳寶光相隨在後。

正當中的甬路，兩旁邊的丹墀，裡面臥著斷碣殘磚。孫啟華順著甬路來在大殿廊下，往裡一看，上面神像模糊，看不甚真。

回頭再看，見師弟帶著李進站在身後，又見階前流螢弱草，星光亂飛，不由邁步進殿，順著神櫥向後面觀看。原來是一座穿堂的大殿，隨著轉過神櫥，就見裡面東配殿，俱已坍塌。正中的大殿，殿前的月臺，就見月臺之上，一片火光，細一看，原來是一個七八歲的孩子，跪在臺前，面向正南。那孩子的前面有一個炭爐，上面坐著水壺，這個孩童半爬半跪，在那裡吹火，又見大殿之內，隱隱的燈光。

孫啟華看見廟內有人，心中暗喜，為的好在這裡投宿。遂邁步上了月臺，再一細看這個孩童，長得是真好看，看著面目就彷彿很熟，像在哪裡見過似的，可是一時想不起來。就見這個孩子身量不高，身上穿著藍布褲褂，足下小撒鞋白襪。

往臉上看，圓臉膛，頭上梳著團天杵的小辮，紮著青頭繩，前發齊眉，後發蓋頸，白淨面皮，兩道濃眉，一雙俊目，鼻如玉柱，唇似塗珠，牙排碎玉，大耳有輪，借月色看得分外真切。剛要跟這孩子說話，似乎這孩子知道外面來人，站起身形，回頭一看，高聲說道：「你們幾個人是作什麼的，因何深夜來到我們廟院？」孫啟華將要答言，就聽大殿之內有念佛的聲音，舉目細看，孫啟華暗吃一驚。就見由大殿之內走出一個和尚。這個和尚長相古怪，大身材，身穿灰色的僧衣，外罩昆盧褂（昆盧褂就是和尚穿的大坎肩，錯非有道行的和尚，不能穿此昆盧褂）。腰中繫著黃絨繩，燈籠穗飄擺，藍中衣，白高筒襪子過膝蓋，足登開口僧鞋，手拿著拂塵，乃是十八節羅漢竹，上面相襯樹棕；往臉上看，黑漆漆的一張面孔，光頭頂子未戴僧帽。頭上亮中透光，前面頭髮已然脫落，只剩兩道白鬢，一雙蠶眉，壽毫多長。深目高鼻，唇似丹砂，頦下白鬍鬚，新刮的日子不久。耳垂肩，就是瘦得難看。伸出手來，似乎鷹爪一般。手臂上耷拉著皺皮，約有一寸多長。

孫啟華一看，原來是一位怪僧。孫啟華見和尚走出大殿，合掌問心說道：「哪裡來的檀越，姓字名誰，因何深夜到此，請道其詳。」孫啟華趕緊抱拳，口中說道：「這位禪師若問，我等乃行路之人越過宿頭，誤至貴廟，打算在這廟內，借宿一宵，明日早行，不知禪師可肯慈悲方便。」和尚聞聽，口念南無阿彌陀佛道：「檀越說的哪裡話來，此廟也非是小僧的主持，小僧也是行腳的僧人，原是行無定所，只因此處幽僻，廟內清雅，此處又無主持，因此帶著小徒在此權住，暫為棲身。如若不嫌殿內汙穢，請到裡面暫為休息。」孫啟華弟兄三人一齊抱拳說道：「長老方便，我們可就要打攪了。」和尚回頭對那孩童說道：「徒兒趕快燒水，預備供客。」遂轉身說道：「三位請，待小僧頭前帶路。」說著話和尚邁步進殿。孫啟華弟兄三人，相隨來到大殿。就見迎面的佛櫥，上面的神像，並無五供，只有一個香爐。在佛前鋪些蒿草，上面放著兩個蒲團，靠著佛櫥放著一個大黃包袱，在包袱外面放著一口戒刀。在東面兩邊有一塊青石，在青石上點著一盞油燈，旁邊架著火石火鐮，雖有這盞半明半暗的油燈，也很黑暗。和尚伸手相讓，請眾位屈尊，在蒿草上休息，休怪老僧不恭，實在是廟內清苦，休要見怪。孫啟華說道：「禪師哪裡話來，請坐談話。」孫啟華一面說著，三人一齊坐在蒿草之上。此時和尚在一首相陪，孫啟華抱拳說道：「請問高僧怎麼稱呼？」

和尚含笑答道：「小僧上悟下通，乃陝西人氏。皆因帶著弟子，遊行至此，小僧觀看此地山清水秀，廟內清雅，就在此打坐，就便傳授徒弟兩手笨拳。不料今日三位檀越深夜到此，小僧款待不恭，未領教三位貴姓高名家鄉何處？」孫啟華見和尚問他們的姓名，自己一想，我們做的事，深山幽僻之處，焉能知道呢，何必隱瞞名姓，就是說出真名實姓，也沒有什麼妨礙。孫啟華想到此處，遂說道：「在下名叫孫啟華。」又用手往下首一指，說道：「這位叫陳寶光，他是我的師弟，我們是河南泗水縣的人。」又一指李進道：「此人姓李，單字名進，乃南陽府的人，與我們弟兄都是莫逆之交，因為一同貿易，貪趕路程，越過鎮店，想不到與禪師有緣相會。多蒙禪師收留，我們在此打攪了，還有一事，要與禪師相商。」和尚聞聽說道：「什麼事，閣下當面請講，小僧願聞。」孫啟華說道：「只因我們趕路所走的俱是山場，並未經過村鎮，因此無處打尖，整整餓了一天，老禪師這廟內若有吃食，今日暫與我們充飢，明日我們臨行進，必然有份人心。

不知禪師意下如何。」和尚聞聽，遂說道：「三位檀越，沿路既未打尖，我們廟裡可沒有什麼好的，只有些饅頭，還是冷的，外面有燒的開水，還有幾塊鹹菜，恐怕你們幾位吃不下去。如若肯用，那倒現成。」

孫啟華聞聽將要答言，旁邊李進，早就飢腸亂鳴。遂在旁邊答言，說道：「禪師既有饅頭，就能充飢，倒是很好很好。」

和尚聽李進說話透急，明知他們三人是餓啦。遂笑道：「這位檀越您稍候一候，待小僧取來大家一用。」說話間站起身形，邁步轉至神像的後面，一伸手取過一個白布口袋，放在眾人面前，遂說道：「眾位既未用飯，你們幾位包涵著吃吧。」說著話又從神像後面取出一碟子鹹菜，也放在眾人面前，還向外面叫道：「紹先，你看那個水燒開了沒有，把它提來。」那孩童回答，聲若銅鐘，說道：「水才燒開。」隨著聲音，就見這個孩童，手提著水壺，從外面走進來，將水壺放在眾人的面前。又從佛櫃之內，拿出四個黃沙碗來，孩童用指布把碗擦乾，然後斟了四碗水，先遞與孫啟華，隨後每人一碗。這時和尚坐在孫啟華的對面，這個孩童站在一旁，垂手站立。和尚就見孫啟華把白布袋的繩扣解開，由裡面將饅頭取出，看這饅頭每個重有半斤，隨手先遞與李進，然後又取出兩個。陳寶光隨手拿來就吃。孫啟華看著他二人，心中暗想，要在鏢局內，這個乾饅頭他們絕對不吃。看起來是飢不擇食，渴不擇飲，到了今日這個時候，白水就饅頭也行啦。孫啟華看著他們，自己不由得把饅頭放在口內，用嘴一嚼，分外得香。藉著半明半暗的油燈，一看饅頭裡面就彷彿有樹葉似的，嚼到嘴裡，越嚼越香，還透著有點甜味。遂回頭向和尚帶笑說道：「這位禪師，這個饅頭裡面有什麼材料，怎麼這麼香甜好吃呢。」

和尚帶笑說道：「眾位檀越有所不知，這種饅頭平常許多人吃不著，這是老僧在天不亮的時候，提著籃子出廟，在後山採得百花的花蕊，百草的草尖，帶著露水把它採來的，用刀將它切碎，加上少許的白糖，用麵將它摻在一處，再用乾麵將它揣在一處，擱上少許的白鹼，然後團成饅頭，用鍋蒸好，無論擱放多少日期，它也不乾，此名叫做『如意百草糕』。人要終日吃用，可以健脾養胃，生津化痰，還能強壯筋骨，又能耐飢，所以我們出家人，應當吃這個才好。你們眾位吃著覺得怎樣呢？」

聽老和尚所說，點著頭心中暗想：我們弟兄奉命打劫囚車，捨死忘生爭殺半日，冒雨突風，不顧性命殺出重圍，逃至萬山幽僻的僧寺，討和尚一頓饅頭充飢。想起來名利二字，何如老僧這麼清閒瀟灑。孫啟華手拿著饅頭正自發怔，猛聽得旁邊有人說道：

「檀越你吃老僧這個饅頭怎樣呢？」孫啟華抬頭一看，見和尚與他說話。這才猛然想起，剛才與和尚說話之時，自己一時的忘神。遂趕緊著說道：「這個饅頭實在是可吃，總算我們與老師父有緣，討得您這百草糕。」孫啟華說著話，就見這位老僧，目光炯炯，雙眸似電，不由得心中一動。看這個和尚，神色也是江湖上的高人，孫啟華看著，雙手一揖道：「我看禪師儀表非俗，定然是得道的名僧。剛才我看包袱上有戒刀一口，我想禪師一定通達武術，一定是世外的高人。小人有緣在此相會，何妨禪師明言，我等可以請教請教。皆因我等也練過幾手笨拳，方敢大膽直問。」和尚聽孫啟華之言，合掌含笑道：「閣下既問，實不敢相欺，老僧原是出家少林，拜玄同長老為師，習學少林的拳腳。因小僧年老氣衰，何敢再言武術二字。今錯非檀越相問，小僧實不敢言及於此。請問三位受過哪位明師的指教呢？」孫啟華見和尚一問，不由得心中躊躇不決，驀然一怔，就聽和尚說道：「此處幽僻，我看三位必有要事在懷，老僧早就看出來了，皆因不敢貿然動問，今說至此，方敢動問。就是閣下明言，也沒有什麼妨礙。」孫啟華看和尚說話誠實，遂將饅頭放在蒲團之上。雙手抱拳說道：「適才聽禪師之言，我等所學的武術，也是少林西派，與禪師同宗。我之恩師他在華陰開設永勝鏢局，論起來為弟子不當言講師名，今日承禪師動問，不可不說。我的恩師他姓余雙名公明，江湖人稱龍舌劍鎮西方。」

和尚聽孫啟華說話至此，遂舒左臂，用手扶著孫啟華的肩頭，上下細看。跟著說道：「汝之師祖莫非少林僧上悟下空。（這「上下」二字原是和尚的稱呼，若問和尚的名字，應當請問師父傳貴上下，所以著者才用「上下」二字）孫啟華仰面看著和尚，遂說道：「禪師何以知之？」和尚聞聽鼓掌大笑，遂說道：「大水沖了龍王廟，一家人不認識一家人。老僧名叫悟通，江湖人稱諢號鐵臂禪師，汝之師祖悟空禪師，乃是我之師弟。你等休要見怪，此乃是門戶的關係，並非是老僧攀大，你們休要多想。」孫啟華、陳寶光、李進，一齊站起身形，遂向和尚說道：「我當是何人，原來是師祖。弟子等多有衝撞，望老人家寬恕我等。」說罷隨即下拜。此時和尚早就站起身來，將身一閃，合掌當胸，口念南無阿彌陀佛。說道：「你等先坐下，有話再談。」孫啟華請老和尚先落座，然後大家才敢落座，孫啟華遂向禪師問道：「祖師不在少林，因何在此？」和尚遂向孫啟華說道：「我在頭三年前，行在河南陸安府湯成縣，我遇見一個人。論起來也是我的師姪，原是南派的人，後來也受少林的教訓，此人根底很好。

「此人名叫潘景林，江湖人稱賽李廣。並有家傳的一條五鉤神飛槍，在步下一口金背砍山刀，若論此人能為俱都不弱，就是此人命運乖蹇。家中雖有些個余資，又遭了一場回祿，家業蕩然，我遇見了他，便把我讓在他的家中。我看他家道艱難，我才問他，因何落到這般景況，自己打算欲謀什麼生理。

他曾對我言，因朋友介紹，如今在華陰縣永勝鏢局鎮西方余公明手下，充當一名鏢師，現在請假回家。只因余公明待他很好，由櫃上支與他紋銀五十兩，外贈予他路費十五兩；命他將銀兩放到家中，趕緊返回鏢局子，皆因鏢局內人少不敷。只因老僧很愛惜他，所以他沽酒款待。吃酒之際，我看他妻子徐氏娘子，懷抱幼子，五官相貌甚好，我才一問此子生辰八字，那潘景林對我說明，我才細細的占算，此子命大福洪。我在飲酒之際誇獎此子，潘景林對我說道：『此子將才三歲，他若長成，再過幾年我又是一番的為難。』我那時就問他，因何為難呢？

他說皆因家中無人，此子難得教育，我又不在家，終歸如何。

那時也兼帶我有些酒意，我與潘景林言說，此子若到七歲，我將他帶至少林，傳授他技藝，你還有什麼不放心嗎？那時潘景林離席與我叩首，向我說道：『你老人家既然成全您這師孫，就是如同成全我潘景林一般。』我伸手把他攙起，他又將他的妻子喚至面前，當面說明。倘若潘景林不在家中，此子若到七歲，如師叔到此，命他妻子將此子交付於我，我將此子帶回少林，傳授他文武技藝，並讓他妻子放心，絕無舛錯。他妻子當面許可，這才與他分別告辭。我自己覺著倒很後悔，如若將此子帶至少林學藝，豈不與他母子分離。我若不領此子，一來有誤此子的前程，此子必當荒蕪廢學。再者出家人不說誑語，我豈能食去前言。無奈這才由上半年到潘景林的家中，將此子帶走。那徐氏娘子，倒很滿意，並無難辭，將子交我帶回少林，我又想少林人多，我若偏袒傳授此子，恐廟內人多物議，我這才想起，才來到了此處。此山，名叫怪龍嶺，廟名白骨寺。這座廟宇年久失修，行人絕跡，這廟中正好傳授武藝。」說著話遂用手一指那孩童道：「潘景林之子就是他，他名叫潘紹先，今年才十歲，這也是我自找其累。」遂叫道：「紹先你過來，你見過這三位師兄。」這孩童轉身來至三人面前，和尚悟通禪師，遂與孫啟華、陳寶光、李進三人引見。孫啟華見紹先過來行禮，伸手相攙，各通名姓。彼此大家見禮已畢，然後和尚讓座。

大家歸座後，和尚吩咐紹先過來每人各獻白水碗，此時孫啟華等，已經知道和尚前後的來歷，一面喝水，就聽悟通禪師問道：「你們弟兄三人，據老僧看面帶倉皇之色，身上又有血跡，你們一來的時候，老僧早就看得明白，並未敢問，皆因不知你們的來歷。今既敘起不是外人，但不知你們因何到此，只管實說，老僧可以與你們劃策。」孫啟華見悟通禪師這一問，遂長嘆了一聲說道：「我們弟兄是奉師命前來搭救李殿元，在野狐嶺劫搶囚車，弟兄五人與官兵動手，一場鏖戰，鄒雷、姚玉被擒。」遂又將鏢局子在亂柴溝鏢銀被劫，永勝倒閉，直到如今弟兄三人如何逃走，誤入白骨寺，前後始末，從頭到尾，細說一遍，「不想在此，巧遇師祖，方敢明言，還萬望師祖指引道路，我等趕奔宜昌……」

只見悟通禪師向孫啟華一揮說道：「慢著，你往外聽。」說著話和尚用手往大殿外面一指。孫啟華隨手向外面一看，側耳聞聽。只聽得大殿的外面，秋風颯颯，只見殿外明月在天，浮雲遠退，冷瀟瀟毫無聲響，唯有那風急吹動的聲音，充滿了耳鼓。孫啟華看罷，荒山古寺，遠望無涯，唯有秋景在目。遂低聲向和尚說道：「師祖，外面只有秋風吹樹，並沒有別的聲音。」和尚微笑說道：「弟子鍛鍊耳音，所以練武術所學的，就是一個靈字。練成武術，人體與天體相合，得天地鐘靈之秀氣，取日月之精華，練得清氣上升，濁氣下降，不怕你我坐在屋中，外面有風吹草動，應當知曉。何況外面有偌大的動作，你尚自不覺，怎稱得起武術家。待老僧變幻一個法術與你來看。」說著話站起身形，一轉身向外一躬，腳下碾勁，順著門口往外一縱，縱到門外一挺身，直躥到大殿的房檐下，用手向上一點。就見房屋上一物墜落，撲通的一聲，見老和尚隨聲而下，用手輕輕的提起，一轉身縱至殿內，用手提著一物放在孫啟華等面前。

孫啟華借殘燈細看，嚇得目瞪口呆。今見地下放著一人，僵臥不動，細看此人身量不高，身穿藍布褲褂，藍布巾罩頭，背後勒著一口短刀。不但孫啟華看著發愣，就是陳寶光、李進也看著咋舌。孫啟華吃驚問道：「師祖如何知曉外面有人？此人是誰，師祖倒要指示明白。」和尚一聽孫啟華之言，啞然而笑。遂說道：「方才你我正談話之際，我就聽見有人順著大殿東面牆堆，往上爬的聲音。我就並未理他，誰想他竟敢鬥膽躥上大殿，順著瓦稜爬在前，偷聽你我談話。他以為你我不知，其實我早就知曉。就是我往外縱身的時候，這個小輩打算要跑，被我一伸手，用的是點穴法，把他點落於地。今把他放在面前，你們把他捆上，我把他喚醒，問問他因何來此竊聽。」

孫啟華聞言，向李進說道：「你過去把他捆上。」李進答應一聲，站起身來先把他脊背上的短刀撤下來，然後解他身上的絨繩，就勢把他捆好，用手往起一扶他。李進捆人的這個時候，孫啟華向悟通禪師說道：「師祖，這個事容易明了，不問可知是我們弟兄劫搶囚車未成，反倒失去兩條膀臂。我弟兄三人闖重圍，逃走的時候，必是他們，命這人追蹤跟下。不問可知，大概此人還是他們得力之人，請師祖將他喚醒，我把他問個明白，好做防範之計。」和尚聞言說道：「也可以。」遂說著話，在這個人胸膛用手一拍。就見這個人哎喲一聲，緩過氣來，孫啟華向前將身形一湊，藉著燈光往臉上觀看，這個人長得其貌不揚，尖嘴猴腮。孫啟華含笑說道：「朋友，今日你被獲遭擒，你姓字名誰？你奉何人差遣？大概李殿元遭難，所有的事你必盡知。你要說了實話，我們必當酌情放你，如若不說實話，你自己想一想，我們能饒你不饒你。你如若不肯實說，我們也有法子制你，你何必還讓我們費事呢？朋友你說吧！」

被擒的人抬頭看了看，又低頭看了看自己，嘆了口氣說道：「得啦，什麼話也別說，我是錯翻了眼皮啦。皆因我沒看起這個和尚，沒想到如今反被拿住。我姓劉單名華，李殿元的事，也由我身上所起。」說著話就把自己的事從頭至尾說了一遍。

原來劉華是奉他的老師鐵算盤汪春所派，暗地跟蹤，追趕下來。若論起這小子的武藝，可沒有多大。頭一樣兒就是黑夜之間，撥門撬戶，偷盜竊取，再者就是白晝行竊。若論黑白兩道，總算他說的出。若論采探點什麼事，也可數一數二。今奉師父之命，追趕孫啟華他們三人。在劉華追的時候，可就看不見孫啟華他們的蹤跡啦。這小子他並不追趕，順著道上的足跡，他先把腳印認準，看著這個腳印，一直向東南而去。他這才沿道進了山路，他可就看不見足印啦。皆因地下都是山石，越過這段矮嶺，爬在嶺上，往正南都是亂石。正東是樹林。唯有往西是股小道。劉華這小子，也真難為他，冒著風雨，此時雖然雨停，可是秋風的寒冷，也真夠這小子一受的。他想逃走的人絕不能奔往東南，一定是奔正西啦。劉華遂順著山道向西面來，一面矮著身形向四外留神。猛見前面一片樹林，只因孤身一人心中膽怯，將身往地下一爬，順著樹林往裡看。恰巧正看見孫啟華弟兄三人在林內談話。事情真巧，若是孫啟華他們三人不在樹林中談話，一直奔了怪龍嶺白骨寺，這小子還是找不著。所以他爬在地下，看見樹林內站著三人，他算著定是逃走的那三個人。原因是，四外荒山，並沒有行人在此經過，他才暗暗的在後面追下來了。直跟到怪龍嶺白骨寺，看著他們三個人進了廟，他並未敢走山門。順著東面坍塌的破牆，隱在大殿東面牆堆之下。皆因看見和尚把孫啟華三人讓進大殿之內，他就在牆堆旁邊蹲著，聽不見大殿裡面說些什麼。

劉華這小子，一著急他才想起，不如順著牆堆犄角向上爬。要按著綠林中竊盜調侃說，這個名叫做盤角子。他以為沒有人聽見，他才順著前檐的瓦稜，爬在大殿正當中，對著門口用了一個夜叉探海的架式，兩手扶瓦檐，探身形向大殿內觀看。和尚與孫啟華所說的話，可把人嚇了一跳。他這才知道搶囚車的這些人，原來是華陰縣永勝鏢局鎮西方龍舌劍余公明手下的爪牙，他還打算往下聽；正趕上孫啟華將話說完，和尚用手向外一指，叫孫啟華注意外面的動作。劉華一見這風頭不順，打算要逃跑，他沒想到和尚這麼快，在剛一抬身的時候，和尚伸手一指就點在他的氣穴之上，連哼也沒哼出來，就隨和尚的手掉下來了，雖然被點住，心裡頭可明白，就跟岔了氣的一般。渾身不能動轉，嘴內說不出話來，就是緩不過氣來。和尚用手在他胸膛上一拍，他這才緩過這口氣來。

劉華將氣一順，可就讓人給捆上了。今被孫啟華一問，自己一想，若是不說也是不行。無奈，只得把奉汪春之命，跟蹤涉跡，追趕下來的情由，從頭至尾說了一遍。

孫啟華聽了，復又問道：「朋友你既然是鐵算盤汪春的徒弟，你又說李殿元的事，從你身上所起，莫若你也說說李殿元的前後詳情，我們明白明白，反正你也是得說。」劉華被孫啟華問得急迫，又一想剛才一時的失言，說出李殿元的事情，此時不說也還不過口來。又一想反正是活不了，遂向孫啟華說道：「此事雖由我身所起，所作之事，與我無干，剛才您曾說過，我若說了實話，您必放我逃走，可是這麼著，君子須言而有信。」孫啟華接著叫道：「劉華你放心，我一定放你就是啦。你趕緊著說吧。」

劉華也就不能不說啦。遂把自己無非是夜間竊取偷盜，後來皆因案情太多，才拜鐵算盤汪春為師的情形說了一遍。「因為他在南陽府知府杜尊德衙內，教習武術，我是藉著他的勢力，做白道兒的買賣。白道兒就是白晝掏兜竊取，那李殿元遭事之先，有一天我在西大街，想要幾個錢做份買賣。我看見一個行人走道慌張，一身的塵垢，看他像個行遠路的人，腰中沉重，我可就綴下來啦。可巧他要購買食物，見他從腰中掏錢，我順手由他腰中掏出一個紙包。我以為是錢鈔，找了個僻靜所在，將紙包打開，卻是一封書信。信封的上面，有交付李殿元的字樣。我知道李殿元是本地的鄉紳，我這才把書信拆開。我一看這封信有關係，我又不敢讓別人看，我就把這封信拿到衙門裡頭，面見汪春。正趕上人稱抱頭獅子的焦通海與我師父正一處閒談。我師父問我有什麼事，我就把這封書信交給汪春啦。我師父與焦通海一看，才知道李殿元是宏緣會的首領。這個工夫，少爺杜新帶著書僮李進……」劉華剛說到書僮李進，他見李進在那邊坐著，臉上隨即帶出一種不敢說的樣子。李進在旁答道：「劉華，你只管說你的，我不怪你。再者這個事情都是我親眼看見，你可就是說實話，往後還怎麼樣，你說。」

劉華遂又說道：「因為少爺一到把式房，看見了那封書信，後來少爺腰疼，都是這位李爺伺候。少爺要入廁走動，這位李爺可就隨著少爺上茅廁去了。焦通海與我師父汪春商議好了，焦通海這才拿著書信，奔了裡面書房回稟知府。所回稟的事情，我可就不知道啦。後來知府把李殿元騙到府衙，升堂審訊。那時節知府杜尊德隨著暗派焦通海，捉拿李殿元，暗中押往鄭州。在野狐嶺擒獲了你們的二位英雄，我師父命我追蹤涉跡，跟下你們三位爺臺來的。實望跟到廟內，探聽虛實，不料被擒，小子一片實言，既然被獲遭擒，眾位爺臺，特別施恩，寬釋我這條性命。」

孫啟華聽完，遂冷笑一聲說道：「劉華，我倒有心放你，不過怕你回去告訴汪春對我們不利。簡直的說你不死我實在不放心。」劉華一聽準知道活不了啦，遂說道：「唉，我就知道活不了啦，可別讓我零碎著受。」孫啟華答應說道：「你放心吧，刀鈍不了。」回頭向和尚說道：「師祖，我把他提到廟後，結果他的性命，您看如何。」和尚聞聽，口念阿彌陀佛說道：「此人是萬不可留，非是老僧不慈，事到如今只得將他殺了，何必你前往？」遂叫道：「李進，若沒有此人，你家主人李殿元，豈能遭受這場災禍，他就是你主僕的仇人，你還不與你家主人報仇雪恨。」

李進聞聽，不由雙眉倒豎，二目圓睜，牙咬的咯吱吱的亂響。厲聲說道：「師祖之言，卻是有理。」說著站起身形，將劉華一手提起，出了大殿，放在甬道的當中，回手拔出匕首尖刀。此時眾人俱到，要觀看李進怎樣雪仇。就見李進把匕首尖刀往口中一含，讓劉華雙腿著地，倒剪著二臂，如同跪著的一般。

李進右手把刀舉起，用手一點劉華，口中說道：「我主僕與你遠日無冤，近日無仇，爾白晝竊取，巧得宏緣會的公函，你不應該將公函獻於賊官杜尊德，致害得我主僕家敗人亡。你也無非落一個害人的名目，也沒有多大的好處。今可稱得起是未曾害人先害己，你害我主僕，我今天也叫你嘗嘗我的匕首。」

李進說到此處，鋼牙咬定，把腳一頓，聲色俱厲，手擎匕首，厲聲說道：「我恨你有二目能以窺竊，竊我宏緣會的公函，我今天先挖你的眼睛。」說著話手起刀落，此時劉華被綁，不得動轉。正在心驚膽怯之際，就見李進惡狠狠手擎匕首尖刀，光閃閃向面部刺來，一陣發暈。他這一暈不要緊，李進可就得了手啦，左手揪住他的髮髻，右手匕首刀扎在劉華右目之內，疼的劉華哎喲一聲，李進用手向外一挖，把個淚淋淋的眼珠兒挖將出來，又用刀尖挑著，向自己口中一送，咬的咯吱咯吱亂響。隨著抽刀又將左眼珠挖出放在口內，一邊嚼著眼珠順著口角流血，面目改色，餘怒未消。此時的劉華，身形亂顫，兩個血淋淋的紅洞，看著實在是難看。此時李進用刀尖指著他的胸膛說道：「我把你這依賴官府陷害好人的惡賊，我倒要看看你的心，是紅的是黑的。」話音未了，匕首刀早就刺入劉華的心窩，劉華只一喘氣，李進腕子一用力，用刀順著胸膛一劃，來了一個大開膛，裡面腸肚迸出。遂將刀向口內一含，用兩手的二指，扣住他的左右兩肋，用力向左右一分，只聽嘭的一聲，將劉華左右的肋骨撕開。用刀尖照準裡面的人心，向外一挑，伸左手用布捻著把劉華的赤心捏住，右手刀割斷裡面的心管，將心取出來。

和尚在旁邊，口念阿彌陀佛。和尚因為什麼念佛呢？皆因看見李進年幼心狠。和尚遂向李進說道：「如今你已拿住仇人，將他挖目摘心，難道說還有什麼不出氣的嗎？」李進聽了和尚之言，將匕首刀在死屍的身上擦了擦，插入鞘內帶在腰間，然後向和尚雙膝跪倒，口中說道：「錯非禪師將賊人拿獲，弟子何能報仇雪恨，此皆是禪師所賜，弟子這裡參拜。」和尚向李進說道：「你且起來。若按江湖綠林的規矩，大英雄殺人滅跡，我命紹先幫著你將賊人的死屍搭在後面掩埋，我等在大殿之內等候。」和尚把潘紹先叫過來，又告訴他一遍，和尚悟通，這才帶著孫啟華、陳寶光回到大殿。

眾人來在大殿之內，和尚又把青石上的油燈剔了一剔，然後就座。和尚用手一指說道：「你看劉華前來送死，非是出家人妄開殺戒，此人是萬不能放。今將他結果性命，總算是大快人心，總算由賊人口中間出李殿元前後被害的情由。若不拿住此人，他在後面跟隨，終歸也是你們的禍根。這麼一來倒是剪草除根，以絕後患。」孫啟華說道：「師祖，錯非你老在此，我們弟兄必為劉華暗算。這也是天網恢恢疏而不漏，報應循環，他是自投羅網，也難怪李進的心狠，他是報仇的情切……」這裡和尚正要答話，此時李進、潘紹先由外面進來。李進向前說道：「奉禪師的法諭，將死屍掩埋，殿前的血跡打掃乾淨，我帶著潘紹先回來的時候，走到山溝，藉著山泉，我二人就便洗了臉。您看看臉上都沒有血跡了吧。」和尚一聽，笑向李進說道：「你沒看看，你們三個人衣服上的血跡，誰的身上也不少。就這個樣兒走在街市之上，豈不令人生疑？應當把衣服脫下來，都得用水洗一洗，不然你們也是走不開。」說罷，和尚叫潘紹先，把開水給每人斟上一碗，跟著大家把百草糕的饅頭拿起來，眾人飽餐一頓，吃喝已畢，和尚命潘紹先在神櫥後面取出一個瓦盆，叫潘紹先他們輪流把衣服洗淨，到了半夜之後，衣服晾乾了，讓他們穿戴齊整。和尚向孫啟華道：「皆因此山幽僻，我才在這廟內棲身，為的是傳習潘紹先的武術，皆因你們到此，又殺了劉華，此處廟內不潔淨，我們也不能在此久住。我帶潘紹先別尋山場棲身，你們意欲何往呢？」

孫啟華聞言，嘆了一口氣，說道：「我們先投奔宜昌康家村。」孫啟華遂又把亂柴溝失去鏢銀，接著李進的書信，奉師命在野狐嶺搭救李殿元，事畢在康家村相會，所有與師父相定的計劃，從頭至尾說了一遍。和尚聽了此話，遂說道：「你既有前定之約，那麼到了康家村，想什麼主意呢？」孫啟華聞聽說道：「師祖有所不知，我們弟兄五人原定的計劃，如若將囚車劫下，救了李殿元老先生，無非是先到康家村，不料囚車未能劫成，反中了賊人的奸計，我兩個師兄鄒雷、姚玉被獲遭擒，當時雖不致有性命之憂，必然和李先生一同押往鄭州，我們此次到康家村，可就不能說逃災避禍啦。見著我的恩師，趕緊商議妙策，還得奔往鄭州，搭救他們出虎穴，然後再想主意，恢復宏緣會，擴充勢力，大家努力，保全我們的漢族。」

和尚聞聽孫啟華的言辭，口中說道：「壯哉血性的男兒。」

復又說道：「你們若是由怪龍嶺起身，可認識道路嗎？」孫啟華說道：「弟子等並未走過條道路。」和尚說道：「此處屬方山縣管轄，你們若是由此向西南，是奔南陽的大道，這條道你們是萬不能走，由南陽奔襄陽，過江城奔宜昌，可是一條最近的道路，你們不如奔東南，可是盡是山道。奔泌陽縣經過確山，直奔信陽州，由崇石山直入湖北，由湖北漢陽乘江船轉到宜昌，這麼走可是避免不少的是非，你們三人可有盤費嗎？」

孫啟華聞言，皺眉說道：「只因我們劫車之時，貼身的衣服包裹路費，現在都已丟失，我等戰敗棄馬逃走，哪裡來的路費呢。」和尚一聽說道：「那倒不要緊，我與你們找兩塊布，把兵刃包好，我再給你們點路費。孫啟華，我還有一件事，尚且未能問你，你師父余公明，所傳你們的武術，都是什麼功夫呢？」孫啟華遂不慌不忙，就把師父所教的各種的拳腳，各樣的兵刃，與躥高縱矮小巧之能，從頭至尾說了一遍。又把師父親傳青龍劍術一百單八招，從頭至尾說與和尚。

悟通禪師聽著點頭，遂說道：「老僧我本當見著你們隔輩人，應當傳授你們本領的祕訣，如今我有一事，當與你等說明，你們到了康家村，與你那恩師余公明相見之後，必得設法到鄭州搭救那被囚的李殿元與你那兩個師兄，他們必是鎖銬加身，項帶鐵鏈。你們怎樣的搭救呢？」孫啟華聽到此處，不由得雙眉緊皺，口中說道：「師祖，有何高見，弟子願聞。」

和尚聞聽點頭笑道：「我有一口得力的寶刀，就是尺寸太短，待我取來與你觀看。」

和尚說著話，站起身來，由神櫥旁邊，將那包袱上的戒刀拿下來，放於地下，仍然將包袱包好，老禪師又將小黃包裹拿到孫啟華的面前，孫啟華一看，裡面原來是一口匕首，長約一尺二寸，約有三寸的刀把，龍頭的呑口，刀形若龍尾。真金的飾檢，綠鯊魚皮的刀鞘，杏黃帶子勒的刀把，相襯兩個皮疙疸。就見和尚將刀拿起叫道：「孫啟華你來看。」孫啟華趕緊雙手將刀接在手內，一看上面有崩簧，右手握住刀把，左手按住刀鞘，順手捏崩簧，哧的一聲將刀擊出來，留神一看。這口刀冷嗖嗖光閃閃，奪人二目。繞眼光芒，電光灼灼，冷氣侵人。用刀鞘往刀面上一敲，噹啷啷的聲音，正如鐘磬之聲，真可稱得起龍吟虎嘯，稀世之珍，愛不釋手。孫啟華遂叫道：「師祖，此刀真乃寶器。」和尚一聽，微然笑道：「老僧留此無用，情願相賜予你。」

孫啟華趕緊答道：「此寶乃祖師心頭之愛，弟子豈敢擅奪。」和尚哈哈大笑的說道：「你見利思義真不愧俠義的門徒，此寶刀難為稀世之珍，究屬殺人利器，出家人最戒的是殺盜淫妄酒。殺為第一戒，要此凶器何用。古人云，寶刀寶劍贈予烈士，孺子正在少年得意之秋，與民族爭先之際，堪佩此寶，故而割愛相贈。」孫啟華說道：「請師祖賜教。」

和尚笑道：「提起此刀年限太古，此刀乃出自大禹時所造，禹王愁做孟勞刀。只因禹王治水擒水獸之時，內有一丈毒猿，被禹王所擒，用寶鏈鎖住青猿，押在揚州天心井中，唯此鏈經萬年不朽，寶刀寶劍不能斷之，因而靜坐沉思，此鏈無寶器可降，愁思終夜，猛然間想起製造大夏龍雀刀所餘下的良質，就質鑄了孟勞刀一口。此刀小巧玲瓏，可惜就是尺寸太短。此刀可能剪金削銀，切鐵斷玉，吹髮可過，迎風斷草。此刀在戰國之時，落於季孫氏之手，後來此刀落於少林，汝師祖將刀賜我，隨身佩之已久，我未曾用此刀殺過生命，無非是護身而已。今見汝天生英俊，真可稱良材良器，我將此刀賜汝，寶而藏之，不可輕視此寶，日後遇急難之時，可以做護身之用，平時不可妄用，爾可要牢記心頭。」孫啟華聞聽此言，緊轉身形，將此刀雙手呈與和尚，隨即撩衣拜倒，口中說道：「多蒙師祖賞賜寶刀，弟子不敢言謝。」說罷向上叩頭，遂說道：「弟子大禮參拜了。」

悟通雙手接刀，身形向旁一閃，口中說道：「爾且免禮。」孫啟華站起身來。和尚將刀雙手遞於孫啟華，孫啟華用手接了過來隨身帶好。此時大殿以外星月滿天，風清月朗，估量著這天快亮啦，和尚一看，東方堪可發曉，又見孫啟華、陳寶光、李進三人已經飽餐已畢，遂吩咐潘紹先將饅頭，仍然收在布袋之內，水碗撤去。復又向孫啟華說道：「天氣不早，非是老僧不款留你等，此處也不是你等久居之所，老僧現有散碎白銀數兩，可以作為川資，你們還是依著老僧之計，拋卻南陽繞走武漢奔宜昌，等到天亮，再登程不晚。」此時悟通由佛櫃內，取出零碎紋銀一包交與孫啟華，和尚又與他們找了兩塊包布，命他們將兵刃包好。此時天就亮啦，大殿之內的殘燈黯淡，和尚遂向孫啟華等說道：「天可不早啦，待老僧相送爾等出廟，指引你們的道路，休誤途程。老僧在此怪龍嶺恐不能久住，咱們是後會有期，你們要沿路保重就是了。」孫啟華三人聽了悟通之言，險些落下淚來。

孫啟華所想的是落難脫逃，身臨荒山，飢腹無宿，今天遇師祖，蒙師祖這一番款待，得其飽暖，顧念同門，並賜寶刀，恩深義重，黎明忽然分別。孫啟華三人臉上現出一種不捨的情況來。老和尚合掌當胸，口念阿彌陀佛，遂說道：「你們隨我來。」說著話出了大殿。孫啟華等三人，只得後面相隨。出離了大殿，就見天色大亮，斜月西沉，東方曙色已升。孫啟華三人出了山門，那潘紹先也在後面相送，和尚在前，繞走古柏蒼松。順著山坡的小道，度了怪龍嶺，往前行走數步，前面樹林。和尚率領眾人穿林而過，和尚站在樹林之外，用手向正南一指，叫道：「孫啟華、陳寶光、李進。」三人立在和尚面前，一齊答言說道：「師祖有何話講。」

悟通禪師手指著正南說道：「由此向南轉東，離此不到五里之遙，前面有一段山溝，過了這段山溝，便是大道，直奔漢陽。你們沿路之上千萬謹慎小心，你們所做的事，你們自己還不明白嗎？」孫啟華聞聽唯唯稱是，口中說道：「勿勞師祖遠送，弟子等就此拜別了。」說罷，三人一齊跪倒叩頭。和尚將身往旁邊一閃，口中說道：「你等免禮登程去吧。」三人一聽，站起身來，退身告別，轉身向正南，順著小道走下來了。孫啟華走出數步，回頭觀看，見和尚仍然站在樹林之外合掌目送，看意思也是戀戀不捨。孫啟華不敢回頭再看，直奔正南。和尚自領潘紹先回廟去了。

第七章　青陽鎮奇人示警

單提孫啟華三人，往南走了不到三里之遙，就見大道往南岔去，只得順著東南的小道往前行走。道旁山石堆壘，猛聽得山歌高唱，牧童方出。弟兄三人進了溝口，孫啟華走至此處，觸動亂柴溝的感想，想起與恩師余公明話別之時：如今劫車未成，落荒而走。雖遇悟通禪師，從中成全，如到了宜昌府，見著恩師，有負重任之托，反倒折去兩條膀臂，有何面目與恩師相見。自己想到此處，面帶憂容，心中一陣難過。孫啟華正在思索之際，後面催促快走，孫啟華只得點頭往前趕路，孫啟華正在思索之時，早被那陳寶光看出情景，故而以言語相催。弟兄們說著閒話，已然出離了溝口，遠望山坡之下，短籬茅屋，又聽得雞鳴犬吠，才看見道路的行人。孫啟華等喘吁吁行步匆忙，弟兄們過了這段山莊，才到了大道。

大道上人煙稠密，往來的客商，一個個肩負行囊，往前趕路。孫啟華猛一抬頭，不知不覺，就見那正東，現出黑暗暗一帶村莊。遂回頭說道：「二位賢弟，你們來看，紅日東昇，正到打尖的時候，你我弟兄在前面鎮店打尖，然後咱們再問程趕路，你看如何？」陳寶光未及答言，就聽李進在旁說道：「少鏢頭言之甚好，你我打完尖再作商議。」孫啟華遂止住了腳步，看了看四外無人，遂叫道：「李賢弟，你我弟兄患難扶持，同生同死，從今後把少鏢頭三個字抹去，如若如此稱呼，恐沿路之上令人見疑，遇事諸多不便。再者你我這是什麼時候，依我說不如你我呼兄喚弟，省得旁人猜疑，又顯得無拘無束，你說好嗎？」李進說：「小人怎敢？」那孫啟華執意不肯，李進推辭不得，只得回答說道：「既然如此抬愛，小人謹承遵命。」陳寶光在旁答道：「應當這麼辦，李賢弟太愛拘禮，就憑你所做的事我們就佩服你，你一客氣，倒把我們拘住啦。」陳寶光說著話就往前走，孫啟華、李進後面相隨。

不多時，已然進了西鎮口，弟兄三人進了鎮口，用目一看。好熱鬧的一個鎮店，大概還是集場。就見東西的街道，南北對面的鋪戶，往來的行人，十分熱鬧。弟兄們正往前走，就聽北面有人往裡相讓。孫啟華一看，原來是一個小飯館。門口對面放著十幾條飯桌，就在飯桌的外面站著一個夥計，正在那裡讓客，見他們三人像是行路的模樣。孫啟華見夥計往裡讓，遂說道：「二位賢弟，莫若在此打尖，我看倒也方便。二位賢弟怎麼樣？」陳寶光在旁答道：「咱們先到裡面看看。」孫啟華尚未答言，夥計上前說道：「三位裡面請吧，到裡面看看，不合適您再到別處去。」孫啟華弟兄三人進了飯館，灶上掌灶的正在煎炒烹炸，刀勺亂響，屋子裡面擺著桌椅條凳，甚是乾淨，後面是穿堂門，有一段花瓦牆，當中一個月亮門。來到後堂，見兩旁的桌子條凳倒是很齊整。孫啟華道：「夥計，你們這裡有雅座嗎？」夥計道：「有，有。」遂將孫、陳、李三人讓進雅座，三人先要了些酒菜吃著。

此時李進早就把杯箸擦抹乾淨，提起酒壺先與孫啟華將酒斟滿，後給陳寶光斟了一杯，彼此他們大家擎起酒杯，各自飲酒。這個時候跑堂的可就忙啦。外面不斷的進來飯坐，工夫不大，這個後堂的飯坐已然賣滿。孫啟華見飯坐很多，弟兄們又不好商量正事，只可飲酒說些不相干的話。就在這個工夫，聽跑堂的站在堂口喊叫，口中喊道：「你早不來晚不來，你單等著上座的時候來，眾位爺臺尚未吃完，誰能給你呢。你先到外面轉個彎再來，回頭若有了剩菜給你留著。」又聽有人在外面接聲說道：「得啦，你不必難為我，我要的是客人們的錢，給我不給我不與你相干，你何必往外趕我呢。」說著話就聽有哎喲的聲音。

孫啟華順著聲音往外一看，就見外面進來一人，看著心中好生不忍，就見這個人年紀太大，中等身材，身穿舊藍布褲褂，足下穿著一雙舊撒鞋，白襪子還是高筒。腰裡頭繫著一根藍紗包，右手拄著一根半截竹竿。伸出手來炭條相似，手臂上皺皮有一寸多長，左手提著一個小包袱，包袱上帶著好些個塵垢。往臉上看，形容枯瘦，黑漆漆的臉膛，頭上謝頂。後面白剪子股的小辮，繫著藍頭繩兒，兩道殘眉，裡面長的壽毫堪可遮目。塌眼皮，看不見眼珠。額頭豐滿，兩撇掩口髯鬚，頦下髯鬚約有半尺多長，根根見肉，大耳垂輪，低著頭，一面說著話，一面往裡走。夥計怎麼攔，也沒攔住他。就聽他說道：

「何必呢，那不是修好哇。」說著話進了後堂，向各桌上的客人討要。就聽他說道：「眾位吃不了的剩菜剩飯，賞給我點吃，實不相瞞，我兩天未曾吃飯，眾位可憐可憐我吧。我是落魄的，萬般無奈，實在是腹中飢餓，求眾位爺臺們賞賜賞賜吧。眾位不嫌棄我，可以管我一飽，永世不敢忘報。我還不白吃，我送給您一相，我看過麻衣相，水晶集，董柳莊，不敢說深通相法，不信我與眾位說說，可以能斷當時的吉凶。哪位先賞給我頭一份，眾位不肯看相，我絕不要求。哪一位願意看，我就當時在眾位面前獻醜。」

就見他將話說完，仍然挨著去。走了好幾桌，連一個給他錢的都沒有。轉來轉去，轉到正起。這張桌子不但不給錢，還直趕他，嫌他身上襤褸不堪。吃飯的客人大聲說道：「你這個乞討的，你也得看看，你夠多麼的汙穢，滿臉的鼻涕，又是眼淚，一看你，實在令我嘔心。我們還讓你相面，你趁早兒躲開，別讓我們看著你嘔心了。」就聽這個老人說道：「爺臺別生氣，既不相面，又不賞給我什麼，何必這樣嫌我。諺云：『莫笑他人老，轉瞬白頭翁。』我也不願意這麼老，誰讓我上了年紀，這有什麼法子，看起來人可別老，人要是老了，討要都不值錢。」這個老人口裡叨叨唸唸，就轉到孫啟華他們的桌案之前。口中說道：「這三位公子，您看見了沒有。那邊那幾位爺臺，也不相面，也沒有賞賜，還說了許多的閒話，三位公子爺，您相面嗎？」看陳寶光那個樣式，就要哄開這個老人。

孫啟華忽然心思一轉，想和這個老人問問道路，當時便止住陳寶光，向這個老頭說道：「老人家，偌大的年紀，何必生氣，他若不賞給你錢，你不會再上別處去要嗎？」孫啟華將話說完了，就聽這個老人嘆了一口氣道：「三位公子，只因我自幼愛讀相法，以相面為生，我也很賺過些錢，開了一座相館，不過相醫不能自醫，卜不自卜，我也曾算過我的八字，流年不旺，未想到回祿呈凶，一把火，把我的相館並所存的積蓄皆燒成灰燼。萬般無奈，只可賣卜為生，與人家細批八字，善觀氣色，也倒可以餬口。不想時運乖蹇，年老氣衰，染病在床，以至病體痊癒，衣服當賣一空，還拖欠下店飯帳無力償還。多蒙那店房主東家，慷慨仗義不加催討，我得以脫身。我想往澠池縣尋找弟子，因無盤費，遂落到乞討之中，至今兩日未能一飽，我剛在那邊桌上討要，反招惹出一套閒話。公子看我年老無依，實在可憐。三位公子成全我一飽嗎？」

孫啟華聽了老人悽慘的話語，遂觸動惜老憐貧之念，遂問道：「老人家您貴姓？」老人聞聽咳了一聲，遂說道：「我身貧至此，還敢擔貴字嗎。不才老朽姓譚，原籍海州人氏。因事流落在此，也算奔忙一世，如今行無定所，三位公子見笑見笑。」孫啟華聞聽，含笑說道：「老朋友何必這樣的客氣，富貴乃人生之定數，今日與閣下在此見面，總算是有緣，何在乎這一頓酒飯。你老人家只管放心，我願你與我同桌而食，你老可能賞臉嗎？」老人一聽，嘆了口氣說道：「唉，若能賜我一飯之德，只要我有三寸氣，不敢忘報。」孫啟華帶笑說道：「這算的了什麼？」遂向跑堂的說道：「給我們這裡添一雙杯筷。」跑堂的趕緊過來，向著老人道：「得啦，你真能跟人家三位公子坐在一處，這倒好啦，省得你討要去啦。」老人家一聽正色說道：「將心田放在當中，處處都有好人。」夥計遂說道：「我給你老把杯箸預備好啦，請你入座吧，小心別吃多了。」

這位老人也不理會他，隨即落座，孫啟華拿起酒壺來，給老人滿上一杯酒，又向跑堂的說道：「你再與我們來兩碟菜，再來兩壺白酒。」孫啟華張羅這位老人喝酒，陳寶光在旁，看著心裡很不滿意。心中暗想，我們這個時候遇的是什麼事，哪有工夫管別人的閒事。自己又不好攔阻，只得隨著。大家吃酒，李進看著這位老人酒量還甚豪，孫啟華不住的添酒要菜，唯有這個老人大吃大喝，和他說什麼話，只是一語不發。孫啟華問了幾句，見老人不答，心中生氣，有心上火，心中又想，做好人索性做到底吧，也就不再問了。哪知酒過三巡，菜過五味之後，老頭將酒杯往前一推，不住的定睛細看，孫啟華被他看的臉紅耳燥。遂向老人說道：「譚老先生，閣下目不轉睛看我這是何意？」老人點了點頭說道：「未領教公子貴姓？」

孫啟華見老人問，又不得不說，遂說道：「在下姓孫，這是我兩個兄弟，一個姓陳，一個姓李。」老者將話聽完，點頭說道：「三位公子休怪老朽言語嘮叨，休怪老朽言直口爽。方才我倒並不理會，也搭著我吃了這幾杯酒，再猛然一看，三位公子印堂發暗，眼角發青，臉上氣色不正，下眼皮發黃。若按著相書上的說法，下眼皮的下邊名曰臉部，若是發青，必有口舌是非。若是發黃，有官司當頭，眼下發赤，必有血光之災。何況三位少公子，眼下發黃，印堂發暗。據老朽來看，三位滿面黯淡，又透出悽慘的形象。休怪老朽口直，這個相法，往遠者說不過十日，十者為貫數，這是往遠處說。往近處不過終日，終日就是今天哪。不出今日恐怕有橫禍臨頭。三位可要慎之，休怪老朽口直，別把老朽之言作為兒戲。」這位老者將話說完，一仰脖喝了一杯酒。

陳寶光在旁邊一聲冷笑，心中想道：「孫師哥這是自招煩惱，吃完了飯就走夠多麼好，非要多管閒事。請這老頭子一頓飯，其實他吃這頓飯也不要緊，還給人心裡添堵。真是花錢找彆扭。」不由得冷笑說道：「譚老頭，您說這話好沒有道理。我們弟兄三人，與你初次會面，再者我們是行路的人，又不做犯法之事，您就吃您的酒，我們又不求您相面，您何必說出這種的言語，讓我們弟兄心中不安。你偌大的年歲說這無稽之談，有什麼用呢，也就太不自量了。」說著話臉上帶出不滿之色。

李進在旁一看，忙勸道：「師兄您吃您的酒，這位老者又沒跟您說話，咱們管這個事幹嘛。有孫師兄陪著他說話哪，咱們喝咱們的酒。反正……你又何必和他動氣呢？」陳寶光一想，吵一回，老頭也是白吃，又何必呢。遂伸手舉起酒杯滿飲了一杯。陳寶光遂不以此事介意。唯有那孫啟華，定睛細看那陳寶光與李進的面部，面上的氣色與老人所說的相法相同。自己暗想不問可知，我的臉上氣色也是如此。自己想到此處，不由得毛髮森然。心中暗想，倘若我們弟兄再有遭遇，這便如何。自己一想，不由得一著急，酒往上一湧，險些吐出酒。只覺得頭沉目眩，手扶著桌案，自己心中後悔，不當多貪幾杯。那老人說道：「三位公子休以老朽拙口為是，不過我按著相法的批判，但願無事，倘若相法有驗，老朽必當面質事實。」說罷，哈哈哈鼓掌大笑。跑堂的在旁邊一看這個老頭子吃飽了，樂起來啦。孫啟華見老人說罷，鼓掌大笑，雖然是落魄的形容，雙目開合之間，精光彩蘊，隱含著放蕩形骸英雄的氣態。遂接著向老人說道：「這位老者所說之言，不過是我們弟兄臉上出現了一種晦氣，叫我們弟兄謹慎。錯非是您熟識相法，豈能看得出來呢。但凡我們行路之人，雖然不招災惹禍，我們自當遵守謹慎二字，雖然我這二位兄弟不懂相法，我也覺得我們弟兄氣色晦暗。我這裡先謝謝你老的金石之言，天也不早啦，咱們吃飯吧。彼此都要往下趕路。」孫啟華說著話叫道：「堂官。」夥計一聽，趕緊來到桌案之前，笑嘻嘻的說道：「眾位爺臺要什麼飯菜，請您分派。」孫啟華說道：「可口的飯菜，來兩盤，隨著來飯。」夥計答應一聲，轉身出去，工夫不大，將飯菜一齊端上，孫啟華大家將飯用畢，叫夥計算帳。在這個工夫就見那譚老頭站起身來抱拳說道：「多蒙厚賜，恕老朽口直，我要與眾位告辭了，咱們前途再會。」說著話提起小包袱抱拳告辭，出了飯館揚長去了。

孫啟華自己覺著吃酒過量，又兼這幾日的奔波，覺著身體勞頓，自己打算在此住上一宿，明天趕路。遂與陳寶光、李進說道：「二位賢弟，劣兄我飲酒過多，身體不爽，我打算與二位賢弟相商，在此店內住宿，明日再走，咱們可以住得嗎？」

李進一聽，手扶著桌案看了看左右無人，低言說道：「兄長，咱們離開這是非之地，不如強掙著往前趕路，我看此處危險。」

李進這句話將說完，陳寶光在旁接著說道：「李賢弟，你也太小心啦，據我想這個地方後面有店，也很清雅，再說我師兄身體不爽，就是在此住一宵，也沒什麼妨礙。」孫啟華聽了，看了看李進，自己心中又添上一分的難過。明知李進這個人謹慎，又想陳寶光不樂意走，他因我身體勞倦，實在難過。遂向陳寶光說道：「論起來應當遵著李賢弟之言為是，怎奈我酒往上湧，不如咱們在此暫宿一宵。明早趕路。」李進道：「師兄既然身體不爽，休息一日又有何妨。」孫啟華遂叫道：「堂官。」

夥計趕緊的過來向孫啟華問道：「爺臺什麼事？」孫啟華向夥計問道：「你們這店裡，後面有閒著的房間嗎？」夥計笑道：「天將過午，又不是讓客人住宿的時候，裡面的客房全都閒著哪。您請隨便住吧，你老願意住哪間，您就住哪一間。有的是房子，有的是房子。」孫啟華說道：「既然如此，很好，你跟我們到裡面去，連飯帳算在一處，明天早晨我們再開付。」夥計一聽說道：「就是吧，眾位爺臺隨我到後面來吧。」

孫啟華三人隨夥計到了後邊，挑了三間上房，那夥計連忙打了一盆臉水，請三人淨面。孫啟華等淨面以後，就想要坐在炕上休息休息，只見夥計又扛了六床棉被，放在炕上俱都鋪好，又泡了一壺茶放在炕桌之上，將杯斟滿。遂向孫啟華說道：「眾位爺臺喝茶吧，我到前面照看照看，到用晚飯的時候，我就來伺候您哪。」孫啟華擺手說道：「你去吧，我們也得歇歇啦。」夥計轉身出去。孫啟華站在屋內用目一看，雖然是土房，後面有三個後窗戶，倒覺著屋中很清亮。孫啟華遂脫鞋上炕，在當中盤膝一坐。陳寶光、李進一邊一個坐著喝茶，陳寶光喝了兩杯茶，自己想著，這些日子，連一天舒服覺也沒睡，今天好容易坐在炕上，底下鋪著棉被，又喝著熱茶，比較在荒山古寺之中，淒風冷雨之下，真是天淵之別。

想到這裡，不由得向孫啟華說道：「師兄您看，今天較比荒山古寺……」這一句話未說出來，將說到這個「比」字，孫啟華手快，一反手把陳寶光的嘴捂住，孫啟華用目瞪了陳寶光一眼，向外努嘴。陳寶光自知失言，臉上覺著燒得發赤。孫啟華低言說道：

「二位賢弟，這事是隨便說的嗎。你真不謹慎，不過你我住在店房，明日還得早走，皆因小兄身體不爽，若不然咱們一刻也不能在此逗留。怎麼著我們也得往下趕，等到用完了晚飯，咱們是早些睡覺，在這個店裡，你們是少說閒話。」陳寶光往外看了看，只得低頭不語。孫啟華向陳寶光、李進說道：「你們哥兒倆要是勞乏，你們就隨便歇息，我覺著這個酒喝得很難過，你們睡一覺吧。」李進此時坐在那裡，前仰後合有些睏倦，嘴裡唧唧咕咕，也不知說了些什麼。孫啟華看他歪在那裡沉沉睡去。陳寶光這幾日也沿路勞乏，隨著也就躺在炕上睡著啦。

雖然孫啟華酒沒喝得甚多，只因譚老頭的一句話，心裡一煩，酒就湧了上來，酒一湧，就彷彿喝醉了似的。雖然看著他二人倒在炕上，自己覺著一陣心中難過，就要嘔吐。隨就趕緊由炕上下來，出了屋門，打算打個僻靜地方把酒吐出來。站在臺階上看了看滿院幽雅，非常潔淨，不好意思吐，隨即下了臺階，不由得身形亂晃，腳底下如同踩著棉花一般。就覺著頭上發暈，蕩蕩悠悠的不好受，遂歪歪斜斜的奔了西邊夾道。來在夾道內一看，也是掃得乾乾淨淨，怎麼好意思吐呢。遂又順著夾道往北，後面還有一個院子，靠著兩面牆角有一個小門。自己一想，大概這門裡必有廁所，倘若嘔吐不出來，倒可以小便。自己想到這裡，用手扶著西牆，慢慢的走到門口，往西一看，在小門裡邊有一個慢八字的木頭影壁。在影壁當中掛著一個木頭牌子，上頭寫著黑字，上邊寫的是武學二字。孫啟華本是練武的，不由心中一動，莫非這裡面還有把式場子，心中這裡想著，兩腿早不由己的走了過去，就聽裡面有人大聲喊道：「用心好好的練。」

孫啟華一聽，就知道有人練武。有心退出來，又想著要看看。正巧這個木頭影壁有一道板縫，緊走兩步，隔著板縫往裡一看。就見裡面好寬闊的一個空場子，四周圍的土牆，滿都是栽種的柳樹，當中地勢平坦，靠著北面五間土房，在上房門口外面，放著一張八仙桌子，兩旁擺著條凳，在八仙桌中間有個茶具，在上首放著一個羅圈式的椅子，在椅子上坐著一人，長的相貌凶猛。大身材，穿著青綢子褲褂，腳下鷹腦撒鞋，白襪子，打著裹腿。往臉上看，青中透暗，兩道抹子眉，一雙金睛，大鷹鼻子，闊口，兩耳如錐，花白剪子股小辮，頷上連鬢絡腮半部花白鬍，坐在椅兒上腆胸疊腹，帶出一種凶殘的形象。在身後站著五六個人，高矮不等，年歲不一，個個都是雄糾糾，威風凜凜。在條凳兩旁，也有站著的，也有坐著的，都是三十來歲，個個俱都透著雄壯。

每人穿戴打扮都是一樣，都穿的是藍布褲褂，腳下撒鞋白襪，紗包紮腰，藍布巾包頭，斜勒麻花扣。長的都是脖短頸粗，兩旁約有五六十個，俱是精神百倍。孫啟華看這個樣式，當中坐的必是教師，兩旁一定是徒弟。這個意思是教徒弟練功夫，我倒要看看練的是哪一家的拳腳。仔細一看，在西面擺著兵刃架子，上面十八般兵刃件件皆全。刀槍劍戟斧鉞鉤叉，鞭鐧錘抓鏜鏈拐棍橛棒，在旁邊花槍單刀擺列兩旁。孫啟華正在觀看之際，就聽椅子上坐的那個教師向徒弟們說道：「你們這些孩子們，教與你們打一趟拳腳都打不好。一點功夫也沒有。腰不是腰，腿不是腿，可惜了我這點功夫。你們不想用功夫只想多學，一趟拳都打不好，還想著多學，一趟拳要是打好了，比練十趟還強。你們要這樣，不把我氣死嗎，怎麼練來的，這拳打了半趟就會忘啦，我再看看你這個小紅拳，還記得住嗎？」孫啟華就聽那人叫道：「金魁你過來。」那人這句話未說完，由下首轉過一人，身量不高，身穿也是一身藍布褲褂，腳下撒鞋白襪，腿上打著裹腿，頭上藍手巾罩頭，臉上長的凶頑，黃白的臉面，一臉的橫肉，兩道棒槌眉，一雙吊角的二目，大蒜頭鼻子，薄片嘴，連鬢絡腮的鬍鬚，兩耳搧風，看著就不是良善之輩。就見這個人站在教師的面前，口中說道：「老師喚弟子有何吩咐？」就見那位沉著臉說道：「我叫你做什麼？你練的那趟小紅拳是怎麼練的？把一趟拳都練散啦，一點勁也打不上，我叫你來是怕你的拳再忘了，你打趟小紅拳我看看，練不好回頭我讓你在樹底下跪著，我看你還要臉不要臉。下場子去練。」就見這個人答應一聲：「是。」

就來到場子當中，兩腳並齊，雙手往外一伸。孫啟華隔著影壁縫一看，不由得好笑。就見他伸腰拉胯，打出來的拳不是拳，腿不是腿，可惜這一趟拳，讓他練了個亂七八糟。那人糊裡糊塗練完了之後，站在當中，向著教師說道：「師父你看看這趟拳打的好吧。」就見那個教師用手把桌子一拍，險些把桌子上的茶碗震落，把雙眼一瞪，將要責罰練拳之人。就在這個工夫，由裡面條凳後頭奔過一人，爬在教師的耳邊低言耳語了幾句，就見這個教師，點了點頭，站起身來說了句：「今天不練了，你們先別走，過一會還有話和你們說。」說完，那個人奔了後面去了。

孫啟華見場子要散，恐怕叫他們看見，多有不便，自己就撤身順著角門往回走，由夾道來到上房門首，慢慢的進了屋門。就見陳寶光、李進倒在炕上沉睡未醒。自己在外面走了一走，覺著心中很舒服。自己也脫鞋上炕，斜著身枕著包袱，稍微倒了一倒，覺著一迷糊。就聽陳寶光那裡說道：「天不早啦吧。」孫啟華睜睛一看，就見李進坐在那裡揉著眼睛。孫啟華往外看了看跟著說道：「大概是要黑啦。」這時李進問道：「大哥，你身體好點了吧。」孫啟華點頭說道：「這個時候心中很爽快，你們大概也睡夠啦，咱們該用晚飯了。吃完了飯，咱們早睡，明日還要起早趕路。」李進聽了孫啟華之言，遂轉身由炕上下來，到了外面，站在門口喊道：「店裡的夥計呢？」這句話尚未說完，就聽前面有人答言說道：「來了您哪。」李進一看，仍是前面那個跑堂的夥計，笑嘻嘻就來啦。夥計說道：「爺臺您喚我有什麼事？」李進接著說道：「你到屋裡再告訴你。」說著話夥計跟著李進來到屋內。孫啟華一看夥計來啦，遂說道：「我們叫你沒有別的事，你給來兩個炒菜，一個湯，隨著就上飯，酒我們是不用啦，吃完了，我們還要早些歇著呢。飯菜一齊來才好。」夥計聞聽，笑嘻嘻的走出，不大的工夫端上飯菜。

三人將飯用完，孫啟華向夥計說道：「店飯錢明天早晨再算，你把桌上收拾乾淨，我們要睡覺啦，沒別的事，你也別驚我們。」夥計聞聽，答道：「是了，爺臺你請早點安歇吧。」說著話就將桌上一切飯具，趕緊收拾完畢。夥計說道：「還有事嗎？」孫啟華說道：「你去吧，我們收拾就要歇著啦。」夥計答應了一聲，直奔前面去了。

孫啟華叫李進把房門關好，將門閂插上，重又把被縟收拾收拾。孫啟華由炕上下來，將鞋穿好，低聲向陳寶光、李進說道：「你們睡覺，可別將衣服脫去，枕著兵刃包裹，頭衝著裡面，咱們是小心為妙。」陳寶光、李進二人點頭，孫啟華轉身將桌上的燈燭熄滅，復又轉身來在炕沿旁邊，看了看他二人已經倒下啦，自己坐在炕沿上，深為後悔。離開是非之地不當貪酒，若不貪酒，哪能住在此處。自己應當警誡自己，從今後酒要少吃。又回思白晝，老人與我們談話，看那個老人，又有些個奇怪，看起來江湖道上無奇不有。又想起店房的後院，又有這麼一個把式場子，不問可知，這個開店的在本鎮裡，一定是個人物。自己坐在炕上，正然思想，又聽得村鎮上更鼓齊敲，天交初鼓。自己一想，莫若早些安歇，明天也好趕路，想至此處，往炕上一歪身，枕著包袱剛要睡，猛聽著前面的窗戶紙，就彷彿有人用手彈的一般，騰騰的亂響。

孫啟華一驚，翻身爬起來，坐在炕上側耳一聽，只聽得外面聲音微細，有人說話，說道：「裡面有人嗎？」孫啟華不語，就要推陳、李二人，又聽外面低聲說道：「別言語，我是白天相面的，你們住的是賊店，快快開門。」孫啟華聽著耳熟，好像是白晝之間相面老者的聲音，遂用手按了按腰間所佩的兵刃，剛要答言，就聽外面說道：「你把門開開，我有要緊的事情，與你相商。」孫啟華在屋中答道：「你稍等一等。」孫啟華由窗縫偷看，果然是白天那個姓譚的，遂慢慢的來在屋門，輕輕的把門閂撤去，將門一開，身形向旁一閃，斜著身按著刀往外一看。

外面明月將升，藉著月色一看，果然是白晝的老叟，赤身傴僂而入，向裡面擺手。老者低言說道：「聲音輕點，有話到屋中再談。」孫啟華按刀將身往後一撤，就見老者邁步進入，形若猿猴，就見他一轉身，將門照樣的關好。衝著孫啟華點頭，低言說道：「你們三人禍到當頭，還在這裡盹睡不醒。」孫啟華低聲說道：「譚老者，你夜間來此何為？」譚老頭低聲說道：「我是特來報信，只因白晝之間，一飯之恩，我豈能忘報，此處乃蛇蠍之鄉、豹狼之地，不可久留在此，遲則有禍。你先把他們二人喚醒，待我一同說知，你們好作防範。」孫啟華一聽，明知這位老者，必是異人，遂點頭說道：「您稍等一等。」

孫啟華走到炕前，用手將陳寶光、李進推醒，此時這二人皆因連日的勞乏，倒在那裡甜睡正濃。被孫啟華一推，二人坐起身來，就見白晝間那個譚老者與師兄站在炕前。他二人睡眼蒙朧，遂問道：「師兄，什麼事？」孫啟華遂低聲說道：「譚老者前來報信，說此處危險，命我把你們叫起來一同說明，你們休要高聲，恐怕別人竊聽，多有不便。」陳寶光遂向譚老者問道：「老先生有什麼事只可請講。」譚老者聞聽，湊至三人的面前，低言說道：「你們三位大概還認識我吧。」陳寶光說道：「我們弟兄實在是眼拙，請問大名。」

譚老者帶笑：「在下名叫譚光韜，我祖上乃是前明功臣之後，只因滿清入關，占領中原，我才由家中起身，欲訪摯友，行在湖廣的地面，巧遇我一個當年的老友，此人已出家做了和尚。他本是大明的宗親，此人姓朱雙名德疇，只因大明的江山，一旦付於東流，他遂在福建雙龍山少林寺削髮為僧。人稱痛禪上人，他的法名上宗下興，我與他多年未見。此次一見，他就將明朝川湖總督何騰蛟，在西川設立宏緣會，在福建建寧府，設立分會，並有先明的遺老功臣良將之後，協力輔助的情形告訴我。並說必要時，恢復前明疆土，得以保全我們的民族免受外人的壓迫。事情將有頭緒，尚未完全有效，他就問我欲往何處，又說道：『此事不宜宣傳，理當嚴守祕密，閣下暫找一個幽僻之處，聽候我的佳音，倘若事成，宏緣會會友，天下都有，倘若同志群起相應，閣下望風尋找，豈不是我們的膀臂嗎，何必你奔馳徒勞無益。』我一想深為有理，我就問他，閣下欲想何往呢。他對我說，機密之事，豈能輕易洩漏於人。閣下不必多問，請各自便。我也未敢往下深問，那痛禪上人，揚長而去。我見他去遠，我就由湖廣地面，來在此處。我看此地幽僻，我在山坡下結草成屋，暫為棲身之計。我遂作出放蕩形骸，貌同乞丐，終日裡胡言亂語，佯為瘋癲之狀，好令人不疑，作為隱匿藏身之計。不料今日清晨，由茅屋走出，欲到青陽鎮。行在途中看見一人，面貌相熟，想了多時，我才把他想起，他本是南陽府一帶之大賊，此人姓汪單字名春，外號人稱鐵算盤。他今已年老，鬚髮皆白，我當時不敢相認，我想此賊，來到此處，必然有事。我在暗中就跟了下來，沒想到，他就奔了這裡而來。我早就知道這個店房的掌櫃，不是安善良民，我在這裡住了多日，這鎮店裡所有的人，沒有我不知道的。這個掌櫃的名叫趙如虎，外號人稱野毛太歲。他有五個兒子，名叫趙金龍，趙金魁，趙金彪，趙金豹，趙金雄。本莊人稱趙五虎，本鎮上沒人敢惹。前面開著飯館，後邊是店。他由前二年設立一個把式場子，招聚鎮上的土棍，在場子裡面練習棍棒刀槍，還有江湖之中的幾個小賊，明著在他這裡學藝，其實是在他家內躲藏。後來我打聽出來，他是北派黑虎門的門徒，那個門戶，原來講究偷盜竊取，斷道劫財。可好的，他在本地面沒有案，我是深知，今天我是暗中跟著汪春。等我跟著他進了西鎮口，就見他進了這個院內。我就想起來啦，他也是北派黑虎門的人。汪春到了店門，他正要往裡走，忽然間又止住了步。他站在門外往裡看，他往你們那個桌上一看，我就多了一點心兒。我可不知道，你們跟他有什麼事。我就見他問外面的夥計，問你們是剛來的，還是早來的。

那夥計跟他說道：『他們是剛來到，工夫不大。』他這才轉身由飯館前面繞到後院，雙手敲門，就見裡面出來一人，問了他幾句，這人就進去啦，想必是與他通稟。我在暗中觀看，這時趙金魁就由院內走出，兩人見面非常親熱，可就把他讓進去了。

他們只顧讓人，可就沒把後門關上。我在外面看著，我一想莫若我也跟著進去，暗中聽聽他們說些什麼。就是有人看見我，都知道我瘋瘋癲癲，把我往外一轟，也沒什麼說的。我想到這裡，我可就溜進去了，就在你們住的這個上房的後面，還有一個院子，也是上房三間。兩邊還有東西配房。西邊就是把式場子，我就在上房的後面後窗下竊聽。聽他們說完了話，嚇得我魂飛魄散。原來他在南陽府，杜尊德署衙內充當教師，傳習少爺杜新的武術，後來我聽到陷害鄉紳李殿元，並有焦通海助紂為虐，把個堂堂宏緣會的表率，誘獲押往鄭州，行在方城山野狐嶺，遇見搶囚車的五個人，汪春設計，在後面接應，還有神手楚廷志，當場拿獲二人，逃走了三人。汪春就派他徒弟快手劉華，在後面追蹤涉跡，追趕下來。汪春這個時候，把受傷的官兵連差使，先送到牛家屯住宿，然後聘請名醫調治。所有殺死的官兵，讓鄉正地保找大車拉到牛家屯，備棺掩埋，各立標記。汪春把事辦完，告與張祺、何輝兩個守備，並通知焦通海，楚廷志，帶著受傷的徒弟，押著囚車，趕奔鄭州。留下官兵扶持受傷的人，並請外科名醫調治。汪春他也不放心快手劉華，他打算跟眾人商量明白，如要追上這三個人，並不動聲色，看著這干人，受何人所使，為何搶劫囚車。他這主意是想一網打盡，免去後患，他要獨立其功，這才與官軍分手，由牛家屯起身，一路上也沒追上劉華。他打算趕到青陽鎮，再說他與趙如虎又系同門，來到店前，可巧就看見你們三位啦，他沒敢進來，怕你們看見他。他這才繞到後門，拜訪趙如虎，並將前後事和趙如虎說明，並懇求趙如虎竭力幫忙。如若拿住你們三人，他還要在知府杜尊德的面前，保舉趙如虎。我在後窗之下，聽得明白，不知你三位是誰，我又一想，你們三人既劫囚車，搭救李殿元，必與宏緣會有關。在這個時候，我就由後門出來，繞到前面進到飯館之內，仍然作出乞丐的形骸沿桌乞討，沒想到你們弟兄三人，慷慨大義，恤老憐貧，贈我一飯。

我在吃酒之間，看見你們弟兄三人，印堂發暗，目下發青，我這才開口亂說相法，叫你們弟兄三人見笑。飯後我與三位告辭，其實我並未走，我就在外面暗中留神。你們三人不但不走反倒住宿，你們這豈不是自陷虎穴嗎？我在外面看著不忍，繞到西院，我看四外無人，我才越牆而入，藉著樹影遮住我的身體。我這才由西面，奔了後房，看了看四下無人，就在後室外竊聽。我在外面聽他二人商議已妥，他們打算在三更時分，趁你們睡熟之際，率眾到前面一同下手。我又聽了，並沒有別的主意，仍然順著北面轉至西面，我恐怕你們不知消息，特此前來與你們三人送信，早做防範。你們千萬不可大意。還有一件事，若不然你們酌量著，趁此遠逃，也是一條妙計。走為上策。我還得到後面去看看。」譚光韜將話說完，轉身來到室門口，聽了聽外面沒有動靜，隨手將門一開，探身往外，由門口之內，一縱身躥到院中，腳尖點地，縱身房上，直奔後面去了。

此時孫啟華、陳寶光、李進，弟兄三人一看譚老頭，雖然年邁，形若猿猴一般，一轉眼蹤跡不見。孫啟華一面關門，暗自嗟嘆，低聲向李進說道：「這就是你我弟兄的奇遇，臨難的救星。他老人家偌大的殘年，尚能如此的靈便，你我弟兄正在年輕，若講究小巧之藝，咱們真比不了他老人家。看起來，強中自有強中手，剛才譚老前來報信，我有一句忘神未答，所說的讓你我趁此脫逃，早離開這是非之場。可是你我弟兄，是等候聽那譚老者的回信呢，還是趕緊走呢？」孫啟華這句話尚未說完，那陳寶光初生犢兒不怕虎，冷笑答道：「師兄你好膽怯呀，就是你我弟兄逃走，賊人豈肯相容，一定他們也要分頭追趕，莫若依小弟的主見，禍到臨頭須放膽，咱們遇上了這個事，莫若先下手的為強，不如咱們大家亮兵刃分頭放火，見了賊人便殺，先給他個措手不及，反正咱們也是一個跑，不如殺他幾個也解消解消我們的怨氣。」孫啟華道：「你太任性了，你不想想，彼眾我寡，如有疏失，悔之晚矣。」陳寶光一聽此言，不由得怒形於色，遂冷笑說道：「師兄，你我若不下手制人，必得受人暗算，再者說這個開店的又有多大本領。譚老者前來泄機，此時正是天授於我，你我還不趁此下手，等待何時。」

孫啟華緊皺雙眉，並不以陳寶光的話為然。那陳寶光尚未再言，就聽李進在旁說道：「孫師兄，或走或戰，快拿定了主意。難道說你我坐而待斃嗎？」孫啟華說道：「就是你我弟兄由此逃走，也得把兵刃預備在手下，將身上收拾利便了，倘若動手，也省得誤事。」陳寶光、李進二人一聽，把包袱拿過來，打開包袱把兵刃取出，背在身後，把長衣服折疊好了，包在包袱之內，勒在身後，弟兄三人才收拾齊畢，聽外面村鎮上更鼓三敲，正要破窗而走，就在這個工夫，耳聽外面有腳步的聲音。

陳寶光一擺手，衝著李進低聲說道：「來啦。」孫啟華回手亮劍，爬在門縫往外看，藉著月色的光亮，看著東西兩邊的夾道，人來了不少，就要上房包圍。

鐵算盤汪春與野毛太歲趙如虎，他二人在後面商量計策，為的是捉拿他們三人。他哪裡知道有人在背後偷聽，他們一點不覺，仍然按著所定的計劃進行。趙如虎讓他的五個兒子趙金龍，趙金魁，趙金彪，趙金豹，趙金雄等五人，還有五十餘名徒弟，個個都帶著隨手的兵刃。唯有這五位少莊主，每人一條齊眉棍，武藝高強。棍的招數是潑風八打，三十六招行者棒，都是趙如虎的親傳，都有萬夫不當之勇。

此時汪春見趙如虎，將事分派完畢。汪春說道：「賢弟，此事千萬不可打草驚蛇，晚點兒倒不要緊，回頭打發夥計到前面看看，等他們睡著了，再設法拿人。不過他們三個，也是籠中之鳥，跑也跑不了，回頭先叫夥計到前面看看，只要他們睡著了，咱們大家再奔前面，先將上房關住，大家一擁齊上。」

趙如虎說道：「兄長，只管放心，這事都交給我啦。」說著話，看著小夥計周三道：「你到前面上房，探聽探聽，三人睡著了沒有，只要是上房沒有動靜，趕緊回來報信。」周三接著說道：「遵命。」轉身出去，輕輕的奔了前面，順著西邊夾道，轉到前面，上了臺階，往屋中一看，見燈光已熄，側耳傾聽，一聽屋內有人說話。就聽裡邊有人說道：「天際不早，你我還是早睡的為是。」再往屋裡聽，什麼也就聽不見啦。這就是周三誤事的地方，你倒要聽明白了，你再回來報信哪，裡面人是睡熟了沒有？別看周三透著機靈，其實他是沒辦過事，就是這麼一點小事，也未聽明白，他就奔了後面報信去了。來到後面，正趕上趙如虎與汪春坐在那裡說話。趙如虎見周三由外面進來，遂問道：「你到前面探聽的消息怎麼樣？」周三跟著說道：「小子奉命，到前面打探，正趕上他們三人要睡，再聽可就沒有什麼動靜啦。請東家自己定奪。」

趙如虎未及答言，汪春在旁說道：「俟等他們睡熟了，咱們的人也就聚齊啦。然後再為下手。」趙如虎點頭說道：「也好，周三你到後面看看，如果人都到齊了，趕緊稟報。」周三答應一聲，轉身出去。汪春、趙如虎正在喫茶說話，就在這個時候，猛聽得更鼓三響。周三由外面進來，向趙如虎說道：「外面已然把人調齊，都在後院等候。並有五位少爺帶著五十餘名徒弟。將兵刃俱都預備在手下，專聽莊主爺的分派啦。」趙如虎一聽，急忙說道：「汪大哥，外面人齊啦，怎麼樣？」汪春說道：「既是天已經到時候啦，你就讓他們進來吧。」趙如虎向周三說道：「你告訴五位少爺，叫他們眾人進院，千萬不可大驚小怪，將腳步放輕著些，在院中等候。」

周三轉身出去。趙如虎派他的下人，預備他的齊眉棍，工夫不大，有倆人抬著齊眉棍，趙如虎接了過來。這時就聽窗外有腳步聲音，趙如虎回頭向汪春說道：「大哥，你老預備兵刃，後面人都到齊啦。」汪春把自己的包袱打開，將雁翎刀取出來，又拿出一根絨繩，放在一邊，這才把身上的大衣脫下來，折疊好了，用包袱包好，然後又用絨繩把刀鞘捆好，往背上一背，在胸前斜勒麻花扣，把自己的小包袱也背在身上。趙如虎手提著齊眉棍，汪春緊跟在後，二人雙足墊勁，來到院中，見眾人各擎木棍站立兩邊，在院中站著的，約有百十餘名，俱都是藍布褲褂，紗包紮腰，腳底下撒鞋白襪，打著裹腿，各擎木棍刀槍，一個個都是相貌猙獰，虎視眈眈。

趙如虎向眾人低聲說道：「汪老兄帶著龍兒、魁兒，由西面繞到前面院內。我帶著虎兒、豹兒、雄兒由東面夾道，繞到前院集合。」趙如虎將話交代完畢，大家一同起身，奔了前院而來。雖然腳步兒輕，人多卻是聲音大。這時屋中孫啟華、陳寶光、李進，三人把兵刃收拾齊畢，正要越窗而走。就在這個工夫，汪春他們已經趕到，孫啟華一聽院內有腳步聲音，遂低聲說道：「二位賢弟，你聽外面有了動作。」李進聞言，隔著門縫往外觀看，藉著月色光亮一看，人都滿啦。陳寶光回手亮刀，遂向孫啟華說道：「師兄，您看外面這些人，可都是衝著我們來的，您打算怎麼樣？」孫啟華說道：「莫若你我由後窗脫逃，還是不動手的為是。」陳寶光皺著眉說道：「師兄您說什麼，由後窗逃走，我想前面這些人，堵著屋門，後窗外面，也必有人把守。如今焉能逃走，據我看咱們就禍到臨頭須放膽，您打算在屋子裡頭等著嗎？人家都擁上來啦，如若闖進屋中，那時候你我再想動手，也施展不開，倒不如咱們給他個先下手的為強。」說著話，陳寶光就將門閂撤去，把門一開，先扔出一條凳子，緊跟著一擺刀，躥到院內。就聽院內吶喊一聲，叫道：「不好，他們有預備，躥出來啦。」孫啟華知道難免動手，便和李進各亮兵刃，也就跟著躥到院內。

陳寶光由屋中躥出來，就聽前面喊道：「小子們不必亂動，待我派人擒他。」陳寶光舉目一看，見說話的人這個人，五官相貌在月下看不真。只見他手中擎棍，氣派雄威，身旁站著五個人，俱都拿著齊眉棍。在他身後站著一個人，頭上額髮蒼白，手擎雁翎刀。兩邊的人，刀槍密擺，就聽當中擎棍的那人說道：「雄兒，你還不上前等待何時。」就聽下首站立最末的那人，答道：「父親，休要性急，待孩兒上前捉拿此賊。」說話之間，直奔陳寶光而來。陳寶光與對面之人相近，藉著月色一看，這個來人身量不高，身穿青綢子褲褂，腳下撒鞋白襪，打著裹腿。往臉上看，素絹帕罩頭，斜拉麻花扣。青中透黑，一張臉面，兩道濃眉，一張火盆口，酸棗似的眼睛，大鼻子，兩耳搧風，項短脖粗，手擎齊眉木棍。陳寶光一看，高聲一喊，大聲說道：「呔，來者報名，你爺刀下不死無名之鬼。」說著話將刀一晃，用了個外纏頭，按刀塌腰，夜戰八方藏刀式，說道：「小子進招，刀下納命。」來人聽了，不由得氣得高聲亂叫，大聲喊道：「少爺趙金雄的便是。小輩看棍。」趙金雄雙手舉棍上左步，左手棍一晃，單手往上一舉，右手棍，用了個泰山壓頂的架式，照準了陳寶光摟頭便砸。陳寶光見棍臨頭切近，將身向左一閃，邁左腿，雙手捧刀，斜著向趙金雄的肘下用刀刃一劃。趙金雄見勢不好，往回撤右步，用右手棍往回一帶，跟著跳了起來，左手棍衝著陳寶光頭頂便打。陳寶光見棍來的甚急，將刀往回一撤，隨著一翻手，用刀尖向趙金雄的左手臂便挑。趙金雄見刀來得急快，左手棍往回一撤，用了個二郎擔山，右手舉棍一矮身，向陳寶光腿部便掃。陳寶光腳尖一碾勁，身形向上一縱，順著趙金雄的棍跳過來，一矮身將刀往後撩，直奔趙金雄的腹下便砍。趙金雄隨手將棍一掃地，這一招名叫支篙趕船，陳寶光的刀，險些磕傷，只聽騰的一聲，猛然一驚，陳寶光復又翻身與趙金雄殺在一處。

此時孫啟華早已亮劍，要想協助陳寶光。不料身旁跳過一人。孫啟華一看，此人身量高大，細腰扎背，雙肩抱攏。身穿藍綢子褲褂，撒鞋白襪，素絹罩頭。對面相近看得很真，黑漆漆的面孔，一臉的風疹，兩道細眉，大鼻子，薄片嘴，兩耳無輪，手提一條齊眉棍，見孫啟華由屋中跳將出來。遂雙手執棍，迎著孫啟華，向上一躥，一聲吶喊，說道：「爾小輩還不拋刃受死，等待何時。今有你家大少莊主趙金龍在此。」孫啟華口中說道：「無能小輩何必報名。」話到人到聲音到，寶劍舉起，對著趙金龍頭頂便劈。趙金龍雙手舉棍向上一架，孫啟華忙即收劍斜身，寶劍從底下往上一撩，此招名叫進步撩陰。趙金龍退步抽身，雙手握棍身形往下矮，用棍一碾，用的是橫下鐵門閂的招數。孫啟華用了個旱地拔蔥，由棍上面一躍，跳在右面。孫啟華腳剛落地，不料這小子的棍法出奇，用右手單臂，身形往左一撤，將棍掄起來擦著地皮，直奔孫啟華的左腿腕。孫啟華趁勢往起一跳，才把這一招躲過去。趙金龍雙手握棍，孫啟華用了個疾行繞步撿金錢的招數，這一劍直奔趙金龍的面門而來。趙金龍將棍向外一磕，孫啟華隨手撤劍，金雞獨立的架勢，右臂向上一舉，劍尖衝下，左手一指趙金龍，這一招名叫魁星臨門。趙金龍隨即撤步抽身，舉棍相迎。孫啟華、趙金龍，這二人殺了個難解難分。

李進持匕首要想協助孫啟華，就在這個工夫，順著西邊轉過一人，此人姓韓名申，是趙如虎的徒弟，正與李進走了個對面。他見李進年幼，手擎一對匕首尖刀，遂迎著李進喊道：

「這個小輩竟敢找死，你看槍。」隨即一抖桿兒，槍尖直奔李進的胸膛而來，他哪裡知道李進這對刀的厲害。李進見槍已到胸前，向右一上步，用匕首刀向槍桿上一貼，左手刀貼著槍桿往裡一推，隨著向前一上步，韓申喊聲不好……那韓申的左手四指，被刀削落。韓申哎呀一聲，撒手拋槍，就想逃走，好狠的李進，跟著向前一上步，舉起右手的匕首刀，對準韓申的後腦往下一落，只聽嗶的一聲，刀尖順著韓申的太陽穴紮了進去，腦髓迸流，當時喪命。這時李進聽著後面有人暗算，急轉身，左手匕首，照準來人的後腦，往下一落，就聽撲的一聲，鮮血暴流，此人死於非命。李進剛要轉身，迎面撲過一人，手擎齊眉木棍，口中喊道：「賊人竟敢拒捕官軍殺傷人命。」說著話舉雙棍照著李進便打。來人正是趙金魁，李進見來人五短身材，棍法來得勢猛，李進一矮身向左一閃，右手刀往裡就遞，照準來人的右脅便扎。趙金魁見賊人身體靈便，遂用右手棍向回一掛，左手棍直奔李進的耳邊便打。李進一矮身，棍就從頭頂上過去啦，李進借勢往前一縱，左手刀直奔趙金魁的小腹。趙金魁雙手掄棍，用了個橫下鐵門閂，騎馬式，用棍一砸李進的手腕。李進撤左刀，遞右手刀，兩個彼此往回一撤兵刃，李進往前一躥，趙金魁用棍相迎，二人戰在一處。這弟兄三人，與趙氏群寇爭鬥，分不出高低勝敗。

鐵算盤汪春，一見三人驍勇無敵，若要單打單鬥，難以取勝。遂向野毛太歲趙如虎說道：「如此動手，諒難取勝，不如大家一擁齊上，活捉三盜。」趙如虎聞聽，點頭說道：「此言有理。」遂吩咐手下的門徒，大家一齊拿賊，千萬不可後退。趙如虎的主意，打算把三個賊人都捉活的，不可傷害他們性命，眾人一聽莊主諭下，一個個抖起精神，向前圍攻，捨命似的往上衝。無奈孫啟華等，就如同生龍活虎一般，不肯束手就綁，死力抵抗，這時候莊兵，傷了好幾個。無奈弟兄三人，仰仗手明眼快，招數純熟，正在緊急之際，裡面一片喧譁。孫啟華一看，內中有趙如虎的三子趙金彪，並有四子趙金豹，向前相助。野毛太歲趙如虎，也跟著躥上來，喊叫著趙金彪協助趙金龍，捉拿使劍的孫啟華，又令趙金豹幫著趙金雄，捉拿使刀的賊人，休要放他們逃走。汪春帶著徒弟，與本地的四十名鄉勇，各擎刀槍撓鉤套索，一齊由外面往上攻。這個時候夥計們掌起燈籠火把，在四外照耀著，照得滿院光明，就如同白晝一般，又令徒弟們吶喊，喊叫拿賊，趙如虎親自擎棍，在四外照料，恐怕他們三人逃跑。他這一喊不要緊，驚動了青陽鎮的住戶，真是驚天動地，海嘯山搖。

唯有孫啟華、陳寶光、李進，弟兄三人被困中心，難以逃脫。沒想到他們是人多勢眾，一擁齊上，雖然自己掌中刀上下翻飛，遮前顧後，觀左看右，還得留神李進，替李進擔心。只因他的兵刃太短。一面動手，一面留神。就見李進雖然年幼，這一身勇氣，亞如活虎生龍一般，雖然是弟兄三人，動手甚勇，這個時候，只有招架之力，沒有還手之力。又搭著趙家五虎，掄五條齊眉棍，真是風車相似，錯非他三人氣力勇猛，不然難以逃脫。他三人見勢不好打算逃走，怎奈四周的長槍短刀撓鉤套索，不住的往身上遞來，一不留神，就得被獲遭擒，哪有逃走的機會呢。汪春指揮著眾人往上圍，看這三人被困在內，猶如籠中之鳥，老賊汪春以為今日必得成功，手提雁翎刀，在外面歡歡喜喜，指揮著拿人。那老賊汪春正在得意之際，此時這弟兄三人都驚慌失措堪要被擄，猛然間就聽得一聲喊道：「放著把式不練，怎麼湊著夥兒打架呢，你們大家願意把我摻上嗎，咱們打一打，倒可以湊趣兒。」趙如虎聽著房上的聲音，不由得嚇了一跳，抬頭一看，借燈火之光看的甚真，就見在房上站著一個老叟，細看原來是在街上要飯的那個老頭兒。

只見譚光韜今日與往日不同，在身上斜背一個小包袱，背上背著一個劍匣，雙手捧著一口明亮亮的寶劍。趙如虎明知此人來歷稀奇，遂高聲說道：「你這個老頭子休要多管閒事，你可小心你的首級。」這位老者，在房上金雞獨立的架式站著，哈哈哈一陣的狂笑，喊道：「趙如虎，爾在此欺壓鄉紳，勾結盜賊，爾不思改過，反勾結老賊汪春，欲害三位小英雄，汝豈不知老夫暗中的動作，豈能受爾等的詭計。汪春與你合謀，爾等以為事在必成，老太爺心中放你不過。趙如虎放著買賣你不做，陷害英雄，老太爺今天多了一點事，我在後院給你放了一把火，大概這時候，也著起來啦。」說著話站在房上，用手向後一指。趙如虎回頭往後一看，就見後院火勢凶猛，照得滿天通紅。

趙如虎一看，心中著急，有心後面救火，又怕這三人脫逃。如若不救，後面房子一燒，所有這些年的積蓄，皆在後面，想到此處，進退兩難。看著房上老叟，咬牙切齒，用棍指著譚老頭說道：「你這老匹夫，你家趙太爺，與你有何仇恨，你在後面放火，蕩盡我的家財，爾還不報名來受死，等待何時，你還等你家太爺，上房擒拿你嗎？」老者聞聽仰面大笑，口中說道：「你死在眼前還欲害我，老太爺乃無名氏是也。我掌中的寶刃，這幾日欲吸人血，汝父子的血肉，當染我的劍鋒，我不欲結果爾等性命，怎奈爾等誓不欲生，我將奈何。」

說著話由房上一縱，向院中落下，正跳在趙金雄的面前。此時孫啟華、陳寶光、李進，正與趙家五虎，殺的難解難分，猛見譚老頭在房上說出這言辭，持劍躥了下來，趙金雄撇了陳寶光，擺棍向譚老頭，劈頭蓋頂就是一棍。就見譚老頭，不慌不忙腳踏實地，微微一側身向前一上步，用劍向趙金雄的胸上一橫，只聽噗的一聲，趙金雄的木棍折為兩段。趙金雄見棍一折，轉身要走，譚老頭哪肯相舍，單手舉劍，照著趙金雄頭頂，向前一挫，用了個順水推舟的招式，就把趙金雄的腦袋推下來啦。這時紅光進現，身首異處。譚老頭剛要轉身，後面趙金虎見五弟喪命，雙足一躥，用棍照準譚老頭腰部便點，譚老頭提劍，隨即轉身，用劍一橫，後面趙金虎的棍，只聽啪嚓一聲，趙金虎的棍頭，隨聲墜地，趙金虎就欲逃走，譚光韜手疾眼快，一翻手用了一個反臂劈絲，寶劍的劍鋒，正劈在趙金虎的天靈蓋上，只聽啪嚓一聲，將趙金虎的頭顱劈為兩半，當時喪命。趙如虎見二子喪命，急得牙齒亂咬，大聲嚷道：「此賊可恨至極，快快與我拿下。」眾徒弟一個個奮勇當先，各鄉勇撓鉤套索，一齊向上亂遞，譚老頭一看眾人齊上，挺身揮劍迎敵，身起劍落劈死數人。

譚光韜原不肯多殺無辜，怎奈這些無知的愚民，受趙如虎的指揮，竟不顧生死，向前抵禦。譚光韜只得舉劍向前。這一來不要緊，挨著死碰著亡，撩上筋斷骨傷，眼看著人頭順著譚老頭的劍鋒亂滾。譚老頭真亞如虎入羊群，劍刃過處，骨斷筋折。這一陣廝殺，屍體滿院，血濺庭階。又搭著火光的照耀，那屍橫滿院，血跡淋漓，只殺得眾人不敢上前。譚老頭將劍舞動如飛，遂揮劍直奔趙如虎，一面向前動手，一面向孫啟華三人說道：「爾等還不逃脫，等待何時，後面自有老夫迎敵。」按江湖的黑話，就是讓他們三個人快走。孫啟華將話聽完，把劍一擺，墊步擰腰躥上東房。陳寶光、李進，也隨著躥上房去。

三個人，由東配房躥到東牆外，出離短巷，順著鎮街，一直奔了東鎮口而來。孫啟華弟兄三人，由鎮東口逃出來，順著大道，一直奔了東南逃下來了。走了約有二里，弟兄三人回頭一看。就是青陽鎮內，火光未熄。弟兄們又往前走了約有一里多路，靠著北面有座樹林，李進向孫啟華說道：「二位兄長，咱們先到樹內暫為休息休息，再去不遲。」孫啟華點頭說道：「也好。」三人剛進樹林，就見林內有一人，手中提著明亮亮的利刃倒把他弟兄三人嚇了一跳。孫啟華正要相問，就聽樹林裡那個人說道：

「你們弟兄三個，怎麼才來呀？」

第八章　鄭州城盜獄劫牢

三人大吃一驚，止步細看那人，正是年邁的老叟譚光韜。

孫啟華遂向譚老頭說道：「老人家倒走到我們前面來啦。」譚老頭微微含笑，對孫啟華說道：「只因我擋住群寇，讓你們三人脫逃，並非是怕你三人被獲遭擒，皆因我不忍多殺無辜，若不然就是我這口劍，可能將他們全都誅絕。我看你們三人走後，明著我跟他們動手，暗中我是不讓他們救火，那後院的火光焰烈，賊人巢穴已遭回祿之下，老朽這才追趕你們三人。我看你們走得太慢，因此我在林內等候你們。其實賊人失卻巢穴，萬不能在此駐足，他們總得逃走，所以我為什麼等你們呢，就是方才老朽在屋中，與你們談話的時間倉促太短，沒問你們根派門戶，因何搶劫囚車搭救李殿元，可以對老朽說說嗎，讓老朽明白明白。」

孫啟華聞聽，趕緊向前搶步行禮，口中說道：「老人家今日搭救我等性命，當謝活命之恩。」譚老頭伸手相攙，口中說道：「這點小事，何足言謝，你們的禮也太多了。」孫啟華三人站起身來，往樹外看了看四面無人，遂說道：「承勞動問，提起來，大概也許曉得，恩師家住河南泗水縣，姓余雙名公明，江湖人稱鎮西方龍舌劍，在陝西華陰縣的東關，開設永勝鏢局。」遂把亂柴溝丟鏢，李殿元遇難，以及李進報信，奉命在野狐嶺劫搶囚車，誤走深山白骨寺，巧遇悟通禪師，贈刀指路，經過青陽鎮，方與老人相會，只因貪酒過量，才誤入了他們的店內，夜晚之間多承老人相助的情形說了一遍，又道：「不然，豈能逃出他人的毒手。」孫啟華從首至尾說了一遍，譚老頭將話聽完，遂又問道：「李老員外因何事犯，這事我真有些不明白。」孫啟華遂又講了白骨寺，巧獲快手劉華，逼問口供，劉華供出實情，都是那焦通海、鐵算盤汪春二人主張，設謀共騙，以致李員外被獲遭擒的經過。

就在這時，李進在旁邊接著答言，遂又把自己勒死杜新，與華陰縣報信之事，從頭至尾說了一遍。譚老頭一聽，嘆了一口氣，遂說道：「我量你等是誰，原來是余公明的弟子，我就知你們與宏緣會有些關係，我才伸手搭救，不知道這裡還有這些情由，余公明並不是外人哪，你們聽師父常說過吧，有一盟兄，是南派嫡傳，玄妙觀的劍客，你們可聽你師父說過嗎？」

孫啟華聞聽老人之言，登時說道：「老人家您原來就是譚老伯父嗎，恕弟子眼拙，不敢相認，師伯在上，受弟子等一拜。」

譚光韜伸手將他們攙起說道：「別多禮啦，現在不是那時候了。」譚老頭低聲說道：「那麼你們弟兄現想何往呢？」孫啟華道：「我們奉師命趕奔宜昌，面見恩師，設法到鄭州搭救李員外，與二位師兄，早日離開虎穴，不料中途巧遇師伯。不然我們弟兄豈不遭了毒手。」

譚光韜將話聽完，遂點頭說道：「李進這個孩子倒有點兒志向，急中有智，深明大義，不避險惡，千里報信，捨命救主，可敬可佩，可惜只有這一團英勇，就是武術的根基太淺。我想收你做個徒弟，你看如何？」譚光韜這話，是愛惜李進。

李進這時就當急忙叩首拜師，這真是個好機會呀。沒想到他不但不磕頭，而且站在那裡看著老人發愣。陳寶光是個性緊的人，看著也是很高興，今見李進發愣，在旁答道：「兄弟，老劍客要收你為徒，還不快快磕頭嗎？」李進聞言，遂說道：「少鏢頭有所不知，老劍客收我為徒，我當然是求之不得呀，怎奈我是做下人的身分，我怎敢高攀，如讓我家主人知道，我也擔不起呀。」譚光韜一聽李進之言，嘆了口氣說道：「此子可見臨難不失主僕的身分，不亂主僕的禮節，可稱得起是異人，你今拜我為師，日後我見著你的主人，我把你赴湯蹈火，臨難不避，這種忠義，與他說明，讓他收你作為義子，大概就沒有別的說的啦。」李進一聽，趕緊雙膝跪倒，口中說道：「老師既肯如此，弟子敢不從命，恩師在上，受弟子大禮參拜。」譚光韜並不相攙，口中說道：「好小子，你磕頭吧，為師受你大禮。」

李進大拜完畢，孫啟華在旁說道：「師伯今天收了弟子，我給你老人家叩喜啦。」譚光韜用手相攙，大家彼此見禮已畢，孫啟華遂向譚光韜說道：「師伯，天不早了，弟子要跟你老人家告辭，師伯你想何往呢？」譚光韜嘆了一聲，說道：「我應當回歸青陽鎮，我那個小屋子裡，還有我的行囊，我又捨不得你們三人。今天我送你們三人幾站，以免我放心不下。」孫啟華趕緊說道：「既是如此，弟子等求之不得。」譚光韜遂命孫啟華三人，將兵刃包在包袱之內，將身上的衣服整理整理，一同出了樹林，奔了東南的大道，向下趕路。此時天氣也不過剛亮。

這時眾人正往前趕路，四人直走了一天。眼看著日色西斜，路上行人稀少，已然到了入店的時候了，爺兒幾個打算住宿，怎奈這個地方並沒有旅店。只得向前趕路。又往前走了約有十數里地，就見前面崇山阻路，都是高山峻嶺，並沒有住戶。譚光韜止步，向孫啟華說道：「孫賢姪，你可認得這條山路嗎？」孫啟華答言說道：「弟子走過這條道。」譚光韜聞聽，哈哈的大笑。

孫啟華道：「老人家你笑什麼？」譚光韜說道：「今天我行到此處，我想起一件可笑的事跡。前次我在青陽鎮時，我不是與你們說過嗎，我在漢陽遇見了痛禪，我二人分手，投奔河南。也兼著天稍晚一點，我經過這個山嶺，這座山，屬確山縣所管，名叫確山。這條道是奔信陽的大道。素日我就知道這條道路難走，是賊人出沒的所在，我正往前走的時候，由南邊樹林裡，躥出一人，手持鋼刀，斷道搶劫。我一看這人四十來歲，身上穿的很整齊，相貌凶殘，我一想，這可是喜事到啦，可喜的是什麼呢，皆因我這些個日子走道的盤費缺少，他這一劫我，我的盤費可有主啦。我想到這裡，心中說道，咱們來個賊吃賊，我先哀求，讓他放我過去，沒想到這個賊人，非要我的性命不可。他躥了過來，給了我一刀，我一上右步，左腿抬起，用了個十字擺蓮腿，就把賊人的刀踢飛啦，跟著往前一進步，使了個玉環步，鴛鴦腳，正踢在賊人胸膛之上。我過去把他按住，把匕首尖刀，放在他的脖頸之上。我跟他要斷道的銀錢。譚光韜說道：「這小子苦苦的哀告，他說他叫陸雲，沒看出太爺是個能人，饒命吧！本應當將他結果性命，奈因他哀求的可憐，我這才在他的兜子裡，摸出三十多兩銀子，我就把他放啦。今日我走到這裡，想起前番的事，不覺可笑，今日咱們又到了這裡，你們三個人跟著我走，不要緊，可也得留點兒神。」

譚光韜一面談著話，就來到東山口，天已快掌燈啦。孫啟華在旁邊說道：「師伯，天不早啦，咱們找店住下吧，明天一早咱們再趕路。」譚光韜說道：「那麼也好。」又走了不遠，越過樹林，就聽前面有人說道：「客官老爺們別往前走啦，再走就錯過了宿頭啦，您住在我們店裡，房屋也潔淨，伺候也周到，幾位往裡請吧。」譚光韜聽夥計往店裡讓，抬頭一看，坐南的大門，門口兒掛著一個燈籠，上面有紅字，寫的是「迎賓客店」。店裡的房子不少，譚光韜心中想道：這個店看著令人心疑。一看這夥計也太伶俐，身量不算高，身上穿著藍布褲褂，腰中繫著一個圍裙，腳底下穿著白襪撒鞋。從臉上看，長的刀條子臉兒，兩道小眉毛，一雙小圓眼，小鷹鼻子，薄片嘴，看著那個樣兒，很透著精神。譚光韜看著說道：「我們倒是有意住店，可有乾淨房間嗎？」夥計一聽，笑著說道：「請進去看看，房子不相宜，您再走，請進來吧。」譚光韜遂向孫啟華說道：「咱們進去看看去。」孫啟華搶步上前，來在譚光韜的耳邊，低言說道：「老伯父，這個店近不靠村，這個地方又僻靜，行路的人又少，這個地方真危險。」譚光韜向孫啟華低聲說道：「不要緊，你不要管，什麼事都有我哪。」說著話譚光韜往前走，弟兄三人在後相隨。店內夥計，用手一指南土房，遂向譚光韜說道：「老爺子，你老人家看看，這三間上房怎麼樣，三位爺臺，可以將就著住下嗎？」譚老頭向夥計說道：「這三間沒有客人嗎？我看著不錯，我們就住這三間吧。」夥計一聽，向前搶步，口中說道：「幾位爺臺，就往屋裡請吧。」爺兒幾個跟著進到屋內，夥計出去給眾人拿燈取水去。

孫啟華低聲向譚光韜說道：「老伯父，我看著這個店不安穩吧。」譚光韜帶笑說道：「你太細心，安穩不安穩，咱們爺兒四個還怕什麼？都有我啦，你不要多說。」孫啟華只得不敢多言。就在這個時候，夥計從外面進來，端著一盞蠟燈，後面跟著一個夥計，端著一盆臉水。就見前面的夥計，將燈放在桌上，後面的夥計將臉水放在地上，轉身就走。臨出門的時候，復又回頭向裡一看。孫啟華在旁邊看著這個夥計，兩眼發賊透著可疑，就聽譚光韜說道：「你我大家先洗臉，然後再叫夥計預備酒菜，吃完了飯咱們好早早的休息。」孫啟華趕緊站起。

這時，三人洗臉已畢，譚光韜把鬍鬚也洗了洗，一面與夥計說道：「夥計你貴姓啊?」夥計說:「小子不敢擔這貴字,我姓張,我叫張二,請您多關照吧。請問四位爺臺貴姓。」譚光韜聞聽,遂說道:「我叫譚光韜。他們三個人是我路遇的同伴,皆因我們爺幾個,盡顧向前趕路,連早飯也沒有吃,我們都餓啦。」

夥計一聽,說道:「今天我們客人也少,這個酒菜誤不了,稍等就齊。」說著話轉身出去,工夫不大,就見張二端著一個黑漆托盤,隨手將杯箸放在桌上,托盤裡面四樣涼菜,兩壺酒,一齊擺在桌上。夥計遂說道:「還有什麼分派?」譚光韜向夥計答道:「我們暫且先喝酒,不必在此伺候,張羅別的客人去吧。」夥計一聽,轉身出去。譚光韜往外看了一看衝著李進使眼色,低言說道:「你到外面看看。」李進知道有事,隨即站起身來,隔著簾子往院觀看,那孫、陳二人也在窗前聽了聽。李進轉身來到桌前向譚光韜說道:「師父,外面無人。」說完了話隨即落座,譚光韜向孫啟華低聲說道:「你三人看這酒杯裡有什麼毛病?」說完了話用手指著酒杯,孫啟華三人一看,原是很清亮亮的一杯酒。遂低聲說道:「師伯,弟子看視不出。」譚光韜微然含笑低聲說道:「酒倒是酒,就是裡面有點藥。這酒雖然清亮,酒在杯中亂轉,不信你們用鼻子聞聞,隱隱的有些個藥性氣味。」孫啟華端起酒杯一聞,氣味芬芳。遂向譚光韜說道:「師伯既看出酒內有藥,應當怎麼辦呢?」譚光韜說道:「我還得試試他這酒菜。」說著話由腰中取出銀匙一個,往菜裡一挑。孫啟華看得明白，就見銀匙撤出來隨著下面都是些黑色，在菜裡一試，均然一樣。譚光韜向孫啟華說道：「這個酒菜，萬不可用，你們看見沒有。」孫啟華說道：「那怎麼辦呢？」

譚光韜說道：「不要緊，咱們把他這個酒菜，全倒在炕席之下，店裡夥計要問咱們要什麼飯的時候，就提咱們喝了酒，心中都不舒服，我們要早些睡覺，容他把空盤托出去，咱們就關門睡覺，暗中收拾利便，將兵刃放在手下，你們三人不要忙，聽著他們外面一有動作，這可就不怨咱們爺兒們，就此把店內的匪人殺個乾淨，給本處去個大患，免得旅客到此遇害。李進你先到外面看看有無來人。」李進站起身來，隔著簾兒向外觀看，見院內無人，李進向裡一打手勢，陳寶光忙把菜盛端起。孫啟華伸手將西面炕席揭開，陳寶光將菜傾下，孫啟華又把炕席蓋上，外面一點兒也不露形跡。孫啟華、陳寶光復又就座。這時李進向炕前緊走了一步，一面用手向門外一指。

在這個時候就聽外面有腳步的聲音，又聽得外面有人說道：「眾位客人酒喝的怎麼樣啦？」話未說完，隨著聲音進來一人，譚光韜一看正是送菜的那個夥計。譚光韜就假裝著前仰後合，身體搖晃，向夥計說：「我們爺兒四個，喝的頭直髮暈，我們再也吃不下去啦，也許我們走路上了火啦，你把家具撿下去吧，我們還要睡覺，為的是早些休息。」夥計說道：「我們店裡向來賣的都是好酒，也許你老上了火啦，早點兒休息吧。」

說著話將桌上的碗筷都撿出去了，復又泡一壺茶，放在桌上，跟著說道：「眾位爺臺，早點兒休息吧。」說著話往外走。臨走到門口的時候，又看了看他們爺兒幾個，夥計心中暗想：怎麼他們爺兒幾個喝了酒不露形跡呢，莫非把藥下錯了，也許是藥受了潮溼啦。夥計一面想著一面往外走。

譚光韜遂高聲向李進說道：「你把門關上。」李進站起身來將屋門關好，插好了門，譚光韜將燈熄滅，低聲向孫啟華三人說道：「你們在裡面炕上收拾你們的兵刃，咱們看他夜晚怎樣的下手，此時天氣還早，大概他們這個時候不能動手。我由後窗躍出，到外面看看，你們可千萬別動，不要性急。」譚光韜伸手把後窗子的划子撤開，聽了聽外面沒有動靜，將窗向外一推，用手扶著裡面的窗臺，探身向外一看，跟著往外一躍，身若長蛇，就竄到外面去了。孫啟華在裡面一看，這老人如此的靈便，遂低聲向陳寶光、李進說道：「老人偌大的年紀，從後窗躍出，一點聲息也沒有，你我弟兄正在青年，我看著真是慚愧，從今以後，必要留心用功，追隨老人的足跡。」說罷嘆息。

這位飛行劍客譚光韜，由後窗躥出，其快如飛，施展大鵬摩雲式的功夫，躍到院中，譚光韜向四外留神，就見院中並無燈光，黑暗沉沉，又一躍身施展蛇行式，躥到後院，留神一看上房屋內，燈光明亮，裡邊站有七八名彪形大漢，都著藍布褲褂，藍布巾包頭，一個個虎視眈眈，這屋子裡面並無隔斷，粉白牆壁，上面都掛著兵刃，藉著燈光，看著甚真，在桌案下首坐著五人，頭一個看著很眼熟，猛然想起，此人正是陸雲。在桌案上首也坐著五位。老劍客舉目留神，不由得心中動怒，此人正是那老賊汪春與趙如虎，還有趙如虎的三個兒子。譚光韜看著心中納悶。

且說汪春見飛行劍客譚光韜縱火後，那孫啟華三人又逃出青陽鎮，汪春一看火勢甚烈，由後院已接燃到前院，院內屍身橫臥，汪春一看，這些條人命怎麼辦，不如先將趙如虎父子騙到村外，再作計議，汪春便大聲喊道：「可千萬別讓這賊盜們跑了，趙賢弟你我攜同三個姪男前去拿賊，快讓眾人救火。」

汪春說完衝著趙如虎一遞眼色，趙如虎一看這個事情也不好辦，趙如虎隨即叫道：「徒弟們趕快救火，我們前去捉賊，如把賊人拿回，好與眾位復仇。」將話說完，衝著他三個兒子一擺手道：「孩子們隨我快快追賊。」趙如虎將棍一擺，順著大街向正東而來。

後面汪春緊跟，眾人出了東鎮口，往南走了不遠，來到松林之內，趙如虎一看青陽鎮的火，煙氣沖天，不由得雙足亂跌。嘆聲說道：「汪大哥，我闖蕩江湖這些年來，今天被這老匹夫一火而焚，我豈能甘心。」汪春說道：「家產還是小事，被殺的二十來條人命，豈能與他甘休。」趙如虎一想，財產蕩盡，二子被殺，只急得兩淚交流。我怎能擔得起這二十來條人命呢。趙如虎想到這裡，只剩了兩眼垂淚，雙足亂跺。

汪春急忙說道：「事已如此，我們趕快離開此地，咱們先投奔確山陸雲弟那裡，到時再計議復仇。」趙如虎只得隨從，眾人即行動身。

趙如虎、汪春等，這天來到確山，見店門口站著一人，看像夥計模樣，汪春向前說道：「你們陸雲在家嗎，請你通知一聲，就說我汪春前來拜謁。」夥計應聲進去，汪春在外等候，工夫不大，就見由裡面走出一人，汪春一看正是陸雲。只見他身上穿著寶藍綢子大褂兒，青緞鞋白襪，身量魁偉，老遠看見汪春，就上前搶步行禮，口中說道：「大哥許久未見，老哥哥頭都白啦。」說話之間哈哈大笑，說罷忙向汪春行禮。汪春帶笑還禮說道：「我也是想念賢弟，咱們到裡邊再說罷。」說著話，一轉身向趙如虎父子一點手。趙如虎緊上一步衝著陸雲一躬身，陸雲抱拳還禮，口中說道：「裡邊兒請吧。」陸雲在前引路。

眾人進了客廳，就見裡面還站著幾位少年。汪春道：「我先給你們二位介紹介紹。」轉身用手一指趙如虎說道：「這位家住青陽鎮，姓趙雙名如虎，人稱野毛太歲。」又用手一指陸雲說道：「這位就是陸賢弟。」趙如虎與陸雲彼此行禮。陸雲向汪春說道：「這三位貴姓呢。」趙如虎回頭叫：「金龍、金彪、金豹過來，與你陸叔父行禮。」小哥兒三個往前搶步叩頭。陸雲伸手相攙，三人站起，閃在一旁垂手侍立。陸雲帶笑向汪春說道：「大哥這兩位您不認識吧。」汪春聞聽帶笑說道：「眼拙的很，不認識。」陸雲用手一指那兩個穿藍褂兒的道：「這一個是我二弟陸霖，這個是三弟陸德。」然後又與趙如虎父子等相見已畢，然後彼此讓座。夥計獻茶，眾人入座喫茶。茶罷，陸雲向汪春抱拳說道：「老哥哥這些年未見，您可好。」汪春說道：「總不見太好，如今又把趙賢弟連累在內。」陸雲說道：「什麼事呢，請兄長說明。」

那汪春嘆了一口氣，就把自己在南陽府內充當教師，奉命護送要犯，野狐嶺遇匪，官兵大戰野狐嶺，追趕匪盜，來到青陽鎮的情形說了一遍，又道：「只落得如此狼狽，無奈前來求助，請陸賢弟多多幫忙，不知眾位兄弟意下如何，可能幫老哥哥一場嗎？」

陸雲說道：「只要是能辨，絕不能含糊，何況是這點小事。可有一樣，你得派人前去探聽，只要是他們由確山經過，認準他們的面目，我就能引誘他們進店，只要他們進入店內，這點兒事就算辦完啦。如果進了店，還能讓他們跑得了嗎。」汪春一聽陸雲之言，遂站起身來抱拳作揖口中說道：「賢弟如此仗義，受兄一拜。」陸雲含笑抱拳說道：「老哥哥，太客氣啦。」

陸雲預備酒菜，與汪春、趙氏父子接風洗塵。一夜晚景無事。到了第二天的早晨，汪春與陸雲二人祕密商議，先派店裡的夥計同著金彪、金豹，順著大路打聽匪徒的消息。第二天中午，打探的夥計來到後院回話。夥計說道：「彼等大概今天晚上能到確山。」汪春聞聽點頭說道：「你們歇著去吧。」汪春與陸雲商議，就命夥計今日在店內殷勤照看，等他等到來之時，只要把他們引誘進店，自有道理。千萬不要把他們放過去。說話之間，工夫不大，就聽外面一片聲喧。就見店門外有十幾頭騾馬，後面一乘駝轎，最後跟著兩匹馬。前面騎馬的約有六十上下，白髮銀鬚，身穿米色綢衫，腰中繫著一根絨繩，手拿著藤鞭，精神百倍。後面那個騎馬的約五十上下的年歲，黃色面孔，掩口髭鬚，此人長得透著精神。汪春一看這兩個人，趕緊把身子往後一退，不由得大吃一驚，來者非是別人，正是老英雄鎮西方龍舌劍余公明，後面跟著追風腿徐順。

書中暗表。那余公明由亂柴溝，與孫啟華等眾人分開，自己計算著這弟兄幾個的本領，若在野狐嶺搶劫囚車，是伸手必得。這才放心，帶著徐順，回歸泗水縣余家村，路上非止一日，這天來到余家村回到自己家中，老夫妻相見，也搭著余公明二三年沒回家，夫妻見面自然是各敘衷情，不必細表。余公明休息了一天，直到夜靜更深之時，余公明才祕密的把亂柴溝丟鏢遣徒搶劫囚車，康家村聚會的事，細細說了一遍。夫人聞聽吃了一驚，遂問道：「此事應當怎麼辦呢？」余公明遂向夫人說道：「只好將房產地契交與親友們經管，此處萬不可久居，離開這是非之地，只可投奔宜昌康家村，到了那裡再作計議。」

夫人只得應允。夫妻們商議已畢，一夜晚景無事，次日清晨，余公明梳洗已畢，拜會本村的貴老，就便託付親友，照看自己的房產，聲言到外省投親，一月內準能返回，所有的親友點頭答應。余公明辦完了手續，夫人已將細軟及應用的東西，俱都收拾齊畢，此時徐順早把駝轎雇妥，將事辦完，與眾親友告辭。夫人乘坐駝轎，余公明幫著徐順，押著車輛，就由泗水縣起身，沿路更換駝轎，曉行夜宿，不必細表。這一天來到野狐嶺附近。暗中命徐順打聽劫車的動作，俟等徐順打聽明白，余公明一聽可就愕然，原來劫車未成，反被擒去兩人。余公明明知事敗，然此時亦束手無策，被擒之人，已經押在鄭州，所幸總沒有性命的危險，只可趕路，俟到康家村，再作計議，這才催著眾人趕路。若論起來余公明應當趕到孫啟華他們的前面，只因沿路上的耽擱，這天才到確山。余公明知道此地是賊人出沒的所在，只因天晚趕不上村鎮，來到店鋪，夥計們殷勤相讓，余公明一想自己還怕甚麼，這才叫他們進店。夥計往上房相讓，余公明說我們有內眷，需僻靜的地方才好。夥計說道：「您看看後院的房好不好，房子裡面又乾淨。」余公明來到後院，一看房舍潔淨，隨即住下，眾人梳洗已畢，等了不大的工夫，夥計把熱茶與蠟燭，俱都送來，放在桌案之上。余公明向夥計說道：「我們等一會兒就安歇，叫你的時候再來。」夥計答應一聲，轉身出去。余公明低聲向夫人說：「喂，你看這小子真是賊眉賊眼。」夫人聞聽，笑嘻嘻的說道：「回頭我叫丫頭把我的兵刃備齊，我也叫他們知道我的雙刀的厲害。」這位夫人也不好惹。這位老夫人的先父，在世之時，威名天下，保了一輩子鏢，名震江湖。江湖人稱鐵臂雙鷹張魁，這位夫人的武藝是父傳女受。余公明聽了微然含笑。說道：「何必呢，你不要生氣，你只要自己保護著自己就得啦，外面的事皆有我一面承當。」

老夫婦二人在屋中收拾齊備，老英雄身佩龍舌劍，夫人吩咐丫鬟們聽到外面如有動作，你們小心。此時天不到初更，余公明正把燈光熄滅，猛聽得前面窗外，噔的一聲，彷彿有人躍上他的住房。余公明向夫人一擺手，側耳細聽，又往外面一看。就見後窗外，站著一人，扭動臂膀躥上後面花瓦牆。余公明定睛細看，心中暗喜，非是別人，正是多年未見的老盟兄譚光韜。心中暗想，這老頭子還是當年的相貌。余公明忙由幾凳上跳下來，低聲向夫人說明，又囑咐夫人在屋中等候：「待我看看老人的行蹤。」余公明仍然蹬著幾凳，把後窗打開，身形往外一躍，跳在外面。余公明奔了西面去了，隱身形往院內一看，就見飛行劍客譚光韜，站在南房檐上，正往屋裡觀看。

且說客廳之內汪春與野毛太歲趙如虎、趙金龍、趙金彪、趙金豹，下首是陸雲、陸霖、陸德，兩邊站立著二、三名小賊，正在裡面高談闊論。老英雄譚光韜聞聽汪春在裡面說道：「趙賢弟、陸賢弟你們看，這事就是神差鬼使，你我只望拿住那個姓譚的，跟這三個小輩，押往鄭州，沒想到一箭雙鵰，可巧余公明的一家子又趕到咱們店裡來啦。前次在鷹爪山，盟弟姜天雄，在前幾年，被那余公明一劍刺中肩頭，一劍之仇無法可報，後來，姜天雄在亂柴溝率眾劫鏢，才報此仇，在亂柴溝，石塊砸死了他十數名鏢夥，內中還有他的一個得力的鏢師李占成，外號人稱猛金剛，聽說已死在溝內，還累壞了一個鏢師潘景林。此仇雖然已報，但是在青草坡鴛鴦嶺，這一戰傷了三條好漢。這三個都是我的至近的朋友。」陸雲在旁道：「這也是天網恢恢，疏而不漏。老賊余公明今日住在咱們店裡，他也是自投羅網。」說罷仰面大笑。這個笑聲還未住，趙如虎在旁咬牙切齒說道：「我最可恨那個相面的姓譚的老頭子，若要沒有他，我豈能把青陽鎮的家產化為瓦解。我要拿住這個老賊，必當將他碎屍萬段，方解我心頭之恨。」譚光韶一聽賊人之言，心中動怒，就要回手亮劍。猛覺著後面有人一扯他的衣襟，譚光韶扭頭一看，在身後蹲著一人，留神一看，正是那鎮西方余公明，譚光韶不由大喜。

余公明皆因看見譚光韶，轉至南上房的後坡，躍過房脊，見譚光韶回手要亮劍，遂向前用手一拉譚光韶的衣襟，譚光韶回頭一看，見是余公明，心中一喜，遂一伸腰用腳尖找瓦楞，來到房脊。此時余公明遠望四外無人，譚光韶衝著余公明一打手勢，往西一指，余公明只得在後相隨，譚光韶立住了腳步，余公明只得也跳將下來，余公明忙向前行禮，口中說道：「兄長數年未見，小弟參見。」譚光韶伸手相扶說道：「賢弟你由何處而來？」余公明不由嘆了一口氣，低聲向譚光韶把同家眷逃往康家村事，前後細說了一遍。余公明又問譚光韶道：「兄長你因何到此呢？」譚光韶聞聽含笑說道：「如今還有你的兩個徒弟跟我在一處。」余公明聽著就是一愣。遂問道：「我的徒弟，因何與兄長會在一處？」譚光韶遂不慌不忙，就把青陽鎮與孫啟華、陳寶光、李進相遇，對余公明道了一遍，又說：「如今我隨他們奔宜昌，我在途中收了李進為門下弟子，行到確山，我打算把此處的賊人剪草除根。我們住在前面廳房內，我出來就為探聽賊人的動作，不料與賢弟相遇，兄弟你的家眷，在哪屋裡住著哪？」余公明低聲說道：「就在前面這廳房內，只因小弟看出賊人的破綻，故而前來窺探，沒想到在此處邂逅相遇。」

譚光韶對余公明說道：「既然你我今日相見，總算又得著膀臂，不如你暫且回歸屋中保護弟妹，如若到了我們與他動手之時，請賢弟亮兵刃示威，諒他這幾個小賊，也難逃你我手內。」余公明向譚光韶點頭說道：「兄長既然吩咐，小弟遵命。」

余公明這才明白，自己的鏢車，在亂柴溝被劫失事，卻是那姜天雄所做，定是老賊汪春的計劃。那李殿元被俘之事，也由汪春身上所起。這時余公明向譚光韶道：「這些賊盜，喪心病狂，無惡不作，你我兄弟，就在三更時分，一齊動手，我們要剪草除根，一個都不留。」譚光韶應了一聲。余公明雙手抱拳，屈膝一禮，雙足墊勁，縱身越牆而去。那譚光韶見四外無人，越過短牆，縱上後窗，回到自己屋內來了。

這個時候外面更鼓二響，譚光韶與孫啟華等，正要預備動手，這時就聽院內，哎喲的一聲，譚光韶忙拉開後窗，向外一看，見一人雙手捂臉，鮮血淋漓，飛奔而來。

因汪春與陸雲計劃，先派人去封前院，探聽余公明等，是否睡熟，外院如無動靜，他們就動手，陸雲忙派那獨眼龍馮達遠，去到前院探聽。馮達遠乃江湖毛賊。他沒把余公明放在心上，那馮達遠就由後院躥躍，來到余公明的住房，在余公明的窗外偷聽，用手指戳破窗紙，用一隻眼睛從窗紙洞往裡觀看。

這時余公明正與夫人低聲談話，此時夫人早就收拾齊備，將雙刀放在身邊，把左右手雙筒袖箭裝好，正在這個時候，就見窗外，人影一晃，在窗紙上發現了一個小洞口。夫人就知道有賊人在外窺探，好狠的張氏，一語未發，將右手向前一指，對準窗框紙上的小洞一按崩簧，只聽嗖的一聲，這只袖箭正釘在馮達遠眼上，疼的他哎呀一聲，這個獨眼龍就成了沒眼鬼啦，眼睛上還帶著一隻袖箭。譚老頭已然從後窗躍出來，手起劍落將首級砍掉。譚光韜在院中，叫道：「賢弟快到後面捉賊，我們已經動手啦。」就這一嗓子尚未喊完，就見余公明躥出院來，孫啟華、陳寶光、李進，此時早由後窗內躥出，忙向師父行禮。余公明一擺手說道：「快跟你師伯到後面，捉拿賊盜。」三個人答應遵命。這句話尚未說完，就聽後面鑼聲響亮，譚光韜在前，眾人在後，就見院中燈籠火把已滿，眾賊盜都來在院內，各拿刀槍，約有數十餘名，燈亮如華。

那汪春本想殺害他們的性命，後又派人探聽前院的消息，此時不料有人報稱：「馮達遠遇害，請寨主下令定奪。」陸雲一聽就是一愣，陸雲忙向汪春說道：「老英雄此事當怎樣？」汪春遂說道：「這有什麼，你我既是暗殺不成，不如先下手的為強，先將手下人召齊，殺上前去，將他們全都殺死，咱們是以多為勝，難道說咱們還怕他們這幾個人不成嗎？」此時陸雲明知被汪春利用，可是事到如今也無可奈何，只得鳴鑼齊眾各亮兵刃，站在兩邊，耀武揚威。汪春手中持刀，在中間站立，上首趙氏父子，下首陸氏昆仲，就見譚光韜、余公明與三位小英雄轉了過來。此時余公明，一見汪春，想起此賊蠱惑姜天雄，搶劫我的鏢銀，陷害我鏢店釣夥計，暗害李殿元，都由他身上所起，以至鄒雷、姚玉被擒在野狐嶺，也是受了他的暗算，我與他遠無仇恨，因何與我作對，遂高聲叫道：「汪春此賊可恨至極，待我將此賊結果了性命。」

余公明飄飄銀髯，一擺龍舌劍跳在當中，喊道：「老賊汪春，還不劍下納命，等待何時。」汪春哈哈大笑道：「余公明老匹夫，你一劍傷我的盟弟姜天雄，我當拿你雪仇，爾竟敢勾串宏緣會，在野狐嶺搶劫囚車，竟敢明目張膽。眾位賢弟與我捉拿此賊。」這話尚未說完，就聽身後一人說道：「小弟願往。」汪春一看，正是陸霖，抖花槍直奔余公明前面就扎，余公明夜戰八方的架勢，見槍尖兒臨近，往左一上步，一掃槍桿，回首照準陸霖胸上穿來，陸霖當時喪命。陸德一見兄長喪命，躥過來摟頭蓋頂就是一刀。余公明並不著忙，見刀臨近，撤右腿用劍一截他的手腕，陸德將要撤刀，不想余公明手急劍快，一抖腕子，冷氣嗖嗖，劍光一閃，推窗望月，直奔陸德的頭頂而來，只聽的一聲，死屍翻身栽倒。余公明剛要撤劍，就聽身後嗖的一聲，余公明自知有人暗算，遂將劍頭衝下，大轉腕，隨著一轉身，這一招名叫反臂釣魚。余公明一看正是陸雲，老英雄抬右腿，大上步，斜劍往回摟，一推兵刃，就將陸雲前手的手指削落。賊人轉身要跑，余公明豈能相容，龍舌劍對準賊人陸雲的後心，穿膛而過，只聽噗的一聲，陸雲應聲倒地，一陣腳手亂舞，死於非命。

汪春一看，大吃一驚。忙向趙如虎說道：「你我上前先殺死余公明這老匹夫。」這話尚未說完，趙金龍大喊一聲嚷道：「萬惡凶賊休要逞威，小少爺趙金龍前來殺爾。」趙金龍雙足抬起，往前一縱，躥到余公明面前，抬左手大翻腕，手起棍落，照準余公明頭頂打來，余公明撤右腿，大斜身，讓身一縱，趙金龍一棍擊空，余公明抬右腿照準趙金龍手腕，就是一腳，正踢在趙金龍的腕頭之上，趙金龍叫聲不好，撒腿便跑，余公明大上步，照著賊人攔腰一劍，趙金龍難以躲避，只聽嚓的一聲，趙金龍身為兩段。趙如虎一看大吃一驚，大聲喊道：「爾等還不動手，等待何時，休讓彼等逃跑。」汪春、趙如虎，各舉槍刃，往上圍攻。

就在這時，譚光韶率領孫啟華、陳寶先、李進，亦一攻而上。正在動手之際，就聽前院殺聲突起，余公明頓時一驚，以為是賊人由外殺來，細一留神，才看出是徐順帶著車伕、夥計等，手持木棍由外面殺來。聲勢壯大，殺聲震天，這麼一來可把汪春等嚇住了，他們也不知道外面有多少人接應，諒是余公明等早有預備，遂向趙氏父子喊道：「風勢太緊，咱們速走。」眾人一聽，縱身上房，往南面逃脫去了。

這時孫啟華等就要追趕，余公明急忙喊道：「眾賊已逃，彼輩業已喪膽，爾等不可追趕。」余公明眼見這幫賊人已經逃走，唯恐自己人孤勢單，故不讓孫啟華追趕。余公明這時便向譚光韶說道：「賊人已逃，院內屍體如何，此事如何辦理。」譚光韶說道：「這有何難，不如速將賊人巢穴以火燒之。」譚光韶便吩咐孫啟華等焚火燒房，眾人一齊縱起火來。

余公明吩咐徐順，急忙將車轎預備妥當，請夫人等大家上車，咱們就此動身。徐順將車轎已經備妥，夫人已經上車；然後大家動身出店，譚光韶說道：「大家請先頭裡走，我在後面再趕，因恐賊人暗算，咱們前邊見。」這時大家順著大道往前趕路，余公明走出很遠，又回頭一看。只見迎賓店內，火光四起，沖雲直上，正在此時，就聽後面腳聲陣響，踏、踏、踏由遠而近。余公明止住腳步，往後一看，見是譚老頭與孫啟華跟蹤而來。余公明急忙問道：「事情如何？」譚光韜說道：「果然不出預料，賊人還在暗中跟蹤，已被殺退，汪春老賊逃走無蹤，趙如虎父子均死劍下。」眾人隨即嘆了一聲，這才一同趕路。

這一天余公明等來到康家村，剛到康錦棟的門首，就見家人迎了出來。問明來意，忙往裡相讓。這時康錦棟也由院內迎了出去。那康錦棟果然非俗，只見他赤面黑鬚，蠶眉闊目，鼻正口方，身穿綢子褲褂，足下白襪雲鞋，舉止大方。大家彼此見禮，大家禮畢，早有家人預備臉水，大家淨面梳洗已畢，康錦棟抱拳一揖說道：「眾位因何一路而來。」余公明站起身來說道：「因在途中巧遇。」遂把李進下書，亂柴溝失鏢銀，孫啟華野狐嶺劫車之事說了一遍，康錦棟這才回頭又向譚老劍客說道：「老劍客足智多謀。李殿元所遭之事，如何辦理呢？日期一久，恐有性命之憂，眾位有何高見，趕緊設法，早早救出李員外，得脫縲絏。」譚光韜手捻著鬍鬚說道：「此案案情重大，若一耽擱，恐怕連累多人，據我之見，此事刻不容緩，眾人隨我去鄭州，夜入監牢，將李員外救出，回歸康家村，咱們再作計議。還有一件要事，須在鄭州城內找一落足之處，如有落足之地，這事就好辦了。」康錦棟聞聽，說道：「老劍客之言甚佳，此事固然刻不容緩，我在西關外有一摯友，此人姓王名長鈞，亦是咱們會中的會友，我寫信介紹眾位，如在那裡落足，萬無一失，需用什物，他都可以措辦，不知老劍客意下如何。」

譚光韜聞聽站起身來說道：「若有這個所在，此事必成。今日大家暫且休息一宿，明日清晨起身，速奔鄭州，不知眾位意下如何。」此話尚未說完，大家站起，遂向譚光韜說道：「我等願往。」

次日早晨，眾人離了康家村，日暮的時候，便到了鄭州，眾人便分路，赴往西關外，謁見王長鈞，俟與王長鈞老先生一見面，那王長鈞便吃了一驚，因見眾人舉止不一，心中頓覺驚怯，那譚光韜急忙說明來意，又由懷中取出一信，雙手遞與王長鈞說道：「此乃康先生手諭，請要嚴守祕密。」王長鈞將信接過來，拆開一看，看完了，將信用火焚化，紙灰撥碎。王長鈞含笑對大家說道：「大家的來意我已明白，自從李先生被押解到鄭州，只因我人孤勢單，無法動手，今有眾位到此，那好極啦。昨天我派人打聽消息，那李殿元主僕，尚未吐露實情，余公明二位高徒，在堂並無隱瞞，原實供出，現在人已經收押入獄了。或是押解進京，或就地正法，均待上文，要是公文一到，這事就不好辦了。諸位要是動手，須在這一二日內，遲則生變。」譚光韜說道：「我們今夜就要動手，請王老先生給我們預備大車兩輛。」王長鈞答道：「這點事都由我給辦了，明天絕不誤事。」王長鈞叫夥計預備茶飯，大家用飯已畢，各自安歇。

天到了二更時候，譚老劍客親自進城探道，探罷急忙返回，便與眾人計議動手，隨即收拾妥當，並將兵器隨身帶好，眾人一齊來到院內。只見星月滿天，譚老劍客頭前帶路，躥房越脊，來到鄭州西關吊橋，此時鄭州城門，早已關閉，街上無行人。眾人來到城下，譚老劍客率眾，順著城牆爬進城去，後面余公明跟隨，不多一時，眾人來到監獄後面，譚老劍客一看四外無人，遂向孫啟華說道：「就是你可以隨我進獄，你的一口孟勞寶刀，可以斷他的鐵鏈，余賢弟你在外面等候接應，聽候我們的動靜。」

譚老劍客在前，孫啟華在後，二人相隨躥上獄牆。譚光韜舉目往裡一望，獄內靜靜無聲，二人縱身跳了下去，譚光韜用手摸了摸腰中的絨繩，二人繞過獄神廟，又越過二道監門，就見一排排的牢房，每個房門都釘著牌子，上面寫著第一號、第二號，等等字樣，就見第三號門外有兩個看守，在那裡守衛。

譚光韜雙足墊勁，嗖的一聲，躥了過去，手起劍落，兩個看守當時喪命。譚光韜將門鎖打開，讓孫啟華在外面巡風，譚老劍客躥入牢房，就見一個差犯，蓬頭垢面，披鎖帶鐐，譚光韜走到近前，用劍將刑具削落，命孫啟華將李老先生背起，出了牢房。在這時又見譚老劍客將書僮攜出，那譚老劍客又由腰中，將絨繩取出來，捆在李殿元的腰間，孫啟華接著繩頭，將李殿元繫下獄牆以外，由余公明眾人接應，後又把書僮、鄒雷、姚玉等均行救去，在這人不知鬼不覺的時候，這幾個要犯就被人救走。

大家由牢獄外動身，不多時來到鄭州西門，大家按序將李殿元主僕繫下城去，眾人繞走吊橋。大家一路狂奔，不覺來到王長鈞家中。王長鈞問道：「怎樣了？」譚老劍客低聲說道：「人已救出，車輛如何？」王長鈞答道：「現已預備妥當。」隨即將李殿元送到車上，又將車簾掛好，由大家保護著，就奔了宜昌康家村而來。不多時大家來到康家村，康錦棟與李氏夫人，皆大歡喜，隨即預備酒宴，與李殿元賀喜，眾人歡敘一夜。李氏闔家自此團圓。

整理後記

白羽先生撰寫的武俠小說，一般先在報刊上連載，然後再由出版社編輯出版。《龍舌劍》一書，是否曾在報刊上連載？尚不能肯定；首次出版於何年何月？也不能肯定。現在查到的，是**1949**年4月上海正氣書店再版、上海元昌印書館總經銷的版本，此次出版，即依據這個版本校訂。

電子書購買　　爽讀 APP

國家圖書館出版品預行編目資料

龍舌劍：野狐嶺劫搶囚車，誤走深山白骨寺 / 白羽 著 . -- 第一版 . -- 臺北市：崧燁文化事業有限公司 , 2024.04

面；　公分

POD 版

ISBN 978-626-394-137-3(平裝)

857.9　　113003344

龍舌劍：野狐嶺劫搶囚車，誤走深山白骨寺

臉書

作　　者：白羽

發 行 人：黃振庭

出 版 者：崧燁文化事業有限公司

發 行 者：崧燁文化事業有限公司

E-mail：sonbookservice@gmail.com

粉 絲 頁：https://www.facebook.com/sonbookss/

網　　址：https://sonbook.net/

地　　址：台北市中正區重慶南路一段六十一號八樓 815 室

Rm. 815, 8F., No.61, Sec. 1, Chongqing S. Rd., Zhongzheng Dist., Taipei City 100, Taiwan

電　　話：(02) 2370-3310　　　傳　　真：(02) 2388-1990

印　　刷：京峯數位服務有限公司

律師顧問：廣華律師事務所 張珮琦律師

定　　價：320 元

發行日期：2024 年 04 月第一版

◎本書以 POD 印製

Design Assets from Freepik.com